娥蘇拉·勒瑰恩／著
黃彥霖／譯

世界的詞彙是森林

Ursula
K. Le Guin

The Word for World
is Forest

獻給先行者

JEAN

目次

第一章 005
第二章 037
第三章 070
第四章 103
第五章 118
第六章 150
第七章 183
第八章 215
導讀 娥蘇拉．勒瑰恩筆下的人類反義詞諸相／邱常婷（小說家） 224
導讀 永恆卻也必要的不合時宜／劉芷妤（小說家） 232

一

戴維森上尉醒來時，腦中浮現兩件昨天發生的事，於是他躺在黑暗中回憶好一會兒。一件好消息：來了一船新的女人。令人難以置信，不過她們真的在這裡，就在中央鎮，距離地球需要以近光速飛行二十七年，不過從史密斯營地開輕型直升機過去只需要四小時；這是新大溪地殖民地的第二批種母，活力充沛、乾乾淨淨，共兩百一十二頭的頂級人類。好吧，也許沒那麼頂級，但也夠好了。一件壞消息：垃圾島傳來栽作區的災害報告，大規模水土流失，作物幾乎全被抹平。兩百一十二名健美、香豔、豐滿的嬌小身影從戴維森的腦中褪去，取而代之的是犁過的泥土地在大雨竄流下攪和成爛泥，稀釋成紅色肉湯，接著便滾滾沖下岩岸，墜入雨滴不斷捶打的大海之中。戴維森擁有被稱為「全現記憶」[1]的極佳視覺記憶能力，能在腦中喚出極其清晰的景象。水土流失的問題，在他離開垃圾島轉往接掌史密斯營地之前就已存在；看來大頭仔基斯是對的，若想用土地種植農作，就得留下夠多樹木才行。但他真的不懂，大豆農場都已經採用科學化方式管理，為什麼還得浪費那麼多空間給森林。若是在俄亥俄州就完全不是這個樣子；在俄亥俄州種玉米，不必浪費任何一吋土地去種樹或做其他事情。不過話說回來，地球是已經馴化的星球，而新大溪地不是。這就是他來此的目的：馴化這顆星球。既然垃圾島現在只剩岩石和溪谷，那就算了，我們找一座新的島重新開始，這次會做得更好。我們可是男人啊，絕不對任何事物屈服。你這顆天殺的星球，你很快就會明白這是什麼意思了。戴維森這麼想著，在黑暗的臨時小屋中咧嘴一笑。他喜歡挑戰。一想到男人，他便又想到女人，於是成排的嬌小身軀又開始在他腦中搖曳倩笑、左右搖擺。

「阿班！」他開口大吼，從床上坐起，光腳甩向裸露的地面。「準備，熱水，快快快！」這一吼令他整個人神氣飽滿地醒了過來。他伸了懶腰、抓了抓胸口，穿上短褲，闊步踏入小屋外陽光滿溢的空地，一連串動作簡練流暢。他是名魁梧健壯的男人，樂於驅動這副訓練有素的肉體。一如往常，他的綠皮阿班已經燒好蒸氣騰騰的熱水，此刻也一如往常正蹲在一旁地上茫然盯著空中。綠皮從來不睡覺，只會坐在地上乾發呆。「早餐呀，快快快！」粗糙的木板桌上放著綠皮準備好的刮鬍刀，一旁還擺了毛巾，鏡子也已立起。戴維森拿起刮鬍刀。

今天有很多事要做，他在起床前一刻決定要親自飛去中央看看那些新來的女人。兩百一十二名女人對上兩千多名男人，她們撐不了多久的，而且很可能和第一批一樣，其中大部分都是殖民地新娘，只有二、三十名是來勞軍的。不過這些

1　全現記憶（eidetic memory）也稱遺覺記憶或全現心像（eidetic imagery），據說擁有這種記憶力的人能夠「過目不忘」，能在腦中留下所見影像的清晰視覺圖像。

可愛寶貝全都貪得無厭，他打算這次至少得要搶在其他人之前玩上一、兩個。他左邊嘴角斜斜笑著，在嗡嗡叫的刮鬍刀下持續繃緊右臉。

老綠皮還悠哉走著，照那速度得花上一小時才能把早餐從伙房端來。「快快快呀！」戴維森喊著，阿班才將沒骨頭似的漫遊提升成散步。阿班身高約一公尺，背上的綠色毛皮已大多泛白；牠老了，就算以綠皮的標準來說都算笨。不過戴維森知道怎麼對付牠們，要是值得勞心勞力的話，他有辦法馴服任何一隻綠皮。問題是不值得。只要把足夠的人類弄來這裡，打造出能建構農地與城市的機械和機器人，他們就不需要這些綠皮了。那樣也好，因為新大溪地確實是為人類而生的新世界。等他們將這裡整理乾淨，把該清除的都清除掉，砍去漆黑森林，改闢種滿穀物的廣闊田野，等到那些原始的黑暗、野蠻與無知都被抹消，這裡就會成為天堂，成為現世伊甸，成為比破舊地球更美好的世界。同時也是他的世界。他很清楚，這就是瑭·戴維森的本質：新世界的馴服者。他並非自誇，只是深知自己有何能耐。他天生如此。他知道自己的目標，也知道如何達成，且永遠都能得其所求。

肚子裡躺著溫暖的早餐，就連基斯・馮・斯登朝他走來的模樣都無法破壞這份好心情。基斯肥碩、蒼白、一臉擔憂，雙眼朝外凸出彷彿藍色高爾夫球。

基斯省略招呼，直接說道：「瑭，伐木工又在砍伐區獵紅鹿了，休息室後面的小房間裡塞了十八對鹿角。」

「基斯，從來沒人管得了獵人去盜獵。」

「你可以出手制止。這就是為什麼我們要進行軍事管制、為什麼整個殖民地要交給軍方管理，就是為了確保一切行為合乎規範。」

大頭胖子想要直球對決！幾乎像個笑話。「沒錯，我的確可以制止他們。」戴維森理性地說。「不過你想想，我要照顧的是人，就像你說的，那是我的職責所在。我在乎的是人，而不是動物。如果偷殺幾隻動物能讓我的人在這鬼地方活得快樂一點，那我願意睜一隻眼閉一隻眼。總得讓他們有點樂子。」

「他們已經有了遊戲、運動、個人嗜好、電影、上個世紀任何重大體育競賽的記錄影片、酒、大麻，還有各種迷幻藥，如果有人對軍方毫無想像力的同性戀健康政策不滿意，也可以去中央鎮找那批新來的女人。你手下這些拓荒英雄都被寵壞了，他們不需要對稀有原生物種趕盡殺絕這種『樂子』。如果你再不作為，我必須將這種嚴重違反生態公約的行為寫進給戈斯上尉的報告裡。」

「基斯，如果你覺得那樣比較好就做吧。」戴維森從來不發脾氣。像基斯這樣的歐裔人居然情緒失控，氣得面紅耳赤，實在有點可悲。「畢竟那是你的職責，我不會因此有所埋怨，讓中央去爭論誰對誰錯就好了。事實是這樣，基斯，你希望盡可能保持這個地方的原貌，把這裡當作巨大國家森林去觀察、研究，這都很好，因為你是技術軍官。但是你要了解，我們其實只是想要完成任務的一般人——地球急需木材，而新大溪地有木材，所以我們砍樹，就是這樣而已。我和你的差別其實只在於，地球不是你的第一順位，而對我來說則是。」

基斯用那對藍色高爾夫球眼珠斜眼看他。「是這樣嗎？你想讓這個世界和地球一樣變成水泥沙漠？」

「基斯，當我提到地球時，我指的是人，是人類。你要擔心鹿、擔心樹、擔心纖維草都很好，那是你的事，不過我喜歡依照輕重緩急看待每一件事，目前最頂端、最重要的就是人類。我們既然來到這裡，就會照自己想要的方式對待這個世界，無論你喜不喜歡都必須面對事實；事情就是如此。那個，基斯，我現在要飛去中央看看新來的殖民地成員，要一起去嗎？」

「謝謝，不必了，戴維森上尉。」技術仔說完便朝實驗室小屋走去。看來他真的很生氣，為了那些該死的鹿搞得火冒三丈。也是啦，那些鹿的確是很驚人的動物。戴維森還能清晰想起自己在史密斯島上看見的第一頭鹿。牠像是一片巨大的紅色陰影，肩高約達兩公尺，細窄的金色叉角如皇冠，是頭敏捷、勇敢的野獸，是自己所能想見最頂級的獵物。現在地球上的真鹿差不多都已絕跡，高落磯山脈和喜馬拉雅山公園裡的全是機器鹿。這裡的鹿是獵人夢想中的獵物，所以才會被獵殺。媽的，就連野生綠皮都會拿著拙劣的小弓去獵牠們。鹿存在的意義就是成為獵物，但是心碎淌血的可憐老基斯卻看不清這一點。他的確很聰明，但是不太實際，心智也不夠堅強，還不懂一個人若不是贏家就是輸家。而男人是永遠的贏家，古老的征服者。

戴維森大步穿越居住區，晨光映入眼底，暖和空氣中充滿鋸木頭的氣息以及柴火煙霧的香甜。以伐木營地的標準來說，這裡已算是相當整齊有序。兩百名男人只花了三個地球月的時間就馴服了一大片野林。史密斯營地裡包括：兩座塑膠瓦楞板材質的大型測地圓頂建築、四十間綠皮勞工建造的小木屋以及一座鋸木廠，焚化爐的藍色煙霧蔓延在遍布數畝的原木及切割木塊上方；山丘上則是起降場，還有一座用來停放直升機和重機具的組合式大機棚。目前就只有這樣。不過初來乍到時這裡可是什麼都沒有，只有樹。一大片陰暗樹林蜷縮在一起，雜亂糾結，無邊無際，毫無價值。一條河流由高往低來到此地被樹掐住了流速。樹林裡除了藏著綠皮的洞窟巢穴之外，還有幾隻紅鹿、毛茸茸的猴子、鳥，以及樹木。樹根、樹幹、粗枝、嫩條和樹葉，頭上腳下臉前眼底全都是無窮無盡的樹林以及無窮無盡的葉子。

新大溪地絕大部分都是水域，暖和的淺海被隨處散落的礁岩、小島、群島切割，其中包括五座巨大島嶼組成的島鍊，橫跨西北半球約兩千五百公里範圍。而這些東一抹西一撇的陸地上全都覆蓋著樹林。海洋或者森林，這就是你在新大溪地的唯一選擇。要嘛接受水與陽光，否則便是陰暗與樹葉。

不過，現在人類要來終結黑暗了，要將混亂的樹林變成在地球上比黃金更珍貴的乾淨木板。這麼說一點也不誇張，因為你可以從海水以及南極冰層下取得黃金，卻變不出木材；木材只來自於樹。這項資源在地球上極其必須又如此珍稀，於是外星森林就成了木材來源。兩百名男人帶著電鋸和運輸車，只花了三個月就在史密斯島上切割出十三公里寬的伐木區。伐木帶最靠近營地這一側的樹椿都已泛白，因為腐敗而變得又乾又軟；他們對樹樁進行了化學處理，等之後拓荒農墾隊來史密斯島定居時，這些殘存的部分都將化為肥沃的土壤，到時農夫只要播種等待發芽就好。

同樣的流程已經做過一次了。這是件古怪的事，同時也恰好證明新大溪地的存在，就是為了讓人類征服。這裡存在的所有生物都來自約一百萬年前的地球，且演化的軌跡是如此接近，讓人立刻就能認出眼前的物種：松樹、橡樹、胡桃樹、栗樹、冷杉、冬青、蘋果、白蠟，鹿、鳥、老鼠、貓、松鼠、猴子。當然了，翰—韃菲娜星[2]的類人生物聲稱，這是他們殖民的結果，就像他們在同一時間殖民了地球一樣，但如果你仔細去聽那些外星人說的話就會發現，他們會聲稱自己殖民過銀河系裡的每一顆星球，而且從性愛到圖釘的所有東西，都是他們所發明的。相較起來，亞特蘭提斯帝國的假說還比較實際，這個地方很可能就是一座失落的亞特蘭提斯殖民地，只不過這裡的人類已經滅亡，取而代之的便是同樣由猴子演化的最接近物種「綠皮」——牠們身高約一公尺，全身長滿綠毛，以外星人的標準來看相當及格，但要當人就只能算瑕疵品，還有很長一段路要走。再演化一百萬年或許有機會吧，可惜征服者先來了。現在，進化的腳步不再等待千年一次的隨機突變，而是以塔拉星際艦隊[3]的飛行速度向前推進。

「嘿，上尉！」

戴維森轉過頭，雖然反應時間只慢了一微秒，但已足以令他惱火。這顆該死的星球——金燦燦的陽光和霧濛濛的天空，還有充滿腐葉和花粉氣味的微風——

2 翰—韃菲娜星（Hain-Davenant）也稱瀚星（Hain），是發起星際聯盟伊庫盟的主要星球，前文所提的近光速航行技術即為瀚星人的發明。

3 塔拉（Terra）出自拉丁文，意指地球。

這裡有某種東西會讓人不禁做起白日夢，你悠哉地邊走邊想關於征服者和命運之類的事，回過神便發現自己已變得像綠皮一樣又遲鈍又緩慢。「歐克，早安！」他清脆俐落地對伐木工頭說道。

歐克那納維．納博外表黝黑堅硬彷彿鋼索，體格與基斯完全相反，不過臉上卻掛著同樣的憂慮神情。「有空聊一下嗎？」

「歐克，當然可以。你在煩惱什麼？」

「就那些小雜種。」

他們兩人背靠在簡易木圍欄邊，戴維森點燃今天的第一支大麻菸，陽光斜穿過飄入空中的藍色煙霧，灑落一陣暖意。營地後方有片未砍伐的帶狀森林，約四分之一英里寬，此刻充滿了樹林在早晨的各種聲響，有的微弱、有的持續不停、有的斷裂、有的如輕笑，還有的紊亂或者呼呼震響或者清脆如銀鈴。這片空地彷彿一九五〇年的愛達荷，或者一八三〇年的肯塔基，或者西元前五十年的高盧。

「提，威。」遠處有隻鳥叫。

「上尉，我想把牠們弄走。」

「你說綠皮嗎？歐克，弄走是指什麼意思？」

「就讓牠們離開吧。牠們在鋸木廠的工作太沒效率了，那種產能連要養活牠們自己都沒辦法，還不值得讓我為了牠們這麼頭痛。那些傢伙根本不會做事。」

「會做的，只要你知道怎麼指使牠們。這座營地就是牠們建的。」

歐克黑曜石般的臉陰沉下來。「嗯，可能你跟牠們比較有默契吧，但我沒辦法。」他停頓片刻。「我之前在太空拓荒訓練中上過課，應用史學說奴隸制的經濟效益太差，從來不曾真的解決過問題。」

「是這樣沒錯。不過歐克小寶貝，對方得是人類才叫蓄奴，現在這樣不算。你會把養牛稱為蓄奴嗎？不會。而且現在的方法的確可行。」

工頭面無表情地點了點頭，卻說：「牠們實在太小一隻了。我試過不給那些繃著臉色的綠皮飯吃，但牠們就只會乾坐著餓肚子。」

「牠們的體型的確比較小，但是歐克你別被騙了，牠們其實很強壯，耐受力驚人，而且對疼痛的感覺和人類不同。你就是忘了這點，歐克。你覺得打牠們就像在打小孩，不過相信我，以牠們的痛覺程度而言，其實跟打機器人差不多。聽我說，你也睡過幾隻母綠皮，應該很清楚牠們就是那副沒感覺的表情，不會爽，也不會痛，不管你做什麼都只會像張床墊躺在那裡。牠們全都是那個樣子。也許牠們的神經系統比人類原始很多，就像魚一樣。跟你說件奇怪的事。轉調過來這裡之前，我曾經在中央被一隻馴化後的公綠皮攻擊。我知道其他人都說綠皮從來不會反抗，但是那一隻就發瘋了，突然間失去理智，幸好牠當時沒有武器，否則我命就沒了。牠一直到快被我打死了才肯停手，在那之前死都不放棄。牠受到我那麼多攻擊，看起來卻像沒事一樣，真的很驚人。所以你對牠們就要像對待甲蟲一樣，得一直踩一直踩，因為牠們不曉得自己已經被踩扁了。你看我這裡。」戴維森低下髮根幾乎要貼齊頭皮的平頭，露出一邊耳後扭曲的腫塊。「這一擊差點讓我腦震盪。當時牠已經被我打斷一隻手臂，整張臉爛得像蔓越莓醬，卻還是不斷進攻。歐克，我跟你說，綠皮就是懶蟲而已，牠們很笨、很奸詐，對疼痛沒什麼感覺，所以你的手段就得硬一點，態度強悍一點。」

「上尉，牠們不值得我花這麼多力氣。那些綠色死小鬼就只會生悶氣，既不反抗也不工作，什麼都不會做，最會的就是讓人不爽而已。」歐克那納維抱怨著，語氣溫和，但是掩蓋不了話中的固執；他不會去揍綠皮，因為牠們太小隻了。歐克很清楚自己不會那麼做，現在戴維森也明白了歐克不會那麼做，於是立刻接受他的決定。戴維森知道該怎麼管理自己的手下。「這樣吧，歐克，你試試看這個方法。你把帶頭搞怪的那幾隻綠皮找出來，然後說要幫牠們打迷幻藥，麥斯卡林、斯卡麥林、卡林斯麥，隨便說什麼都可以，反正牠們分不出來，很怕就是了。別太常嚇就好，我保證有用。」

「牠們為什麼會怕迷幻藥？」工頭好奇問道。

「這我怎麼知道？女人為什麼會怕老鼠？歐克啊，對綠皮就像對女人一樣，不用去想什麼邏輯了啦！說到女人，我打算早上去一趟中央，要幫你物色幾隻小野貓嗎？」

「你少色幾個吧，留一些等我放假。」歐克笑著說。此時一群綠皮扛著一根十二英寸粗的方形木梁從旁走過，要搬到河邊正在蓋築的康樂中心。體型矮小的牠們移動緩慢、腳步蹣跚，拖著大梁彷彿一群螞蟻在搬運死去的毛毛蟲，沉悶而笨拙。歐克看著牠們說：「說真的，上尉，我看到牠們就要起雞皮疙瘩。」

歐克是個寡言的硬漢，聽到他這麼講實在有些奇怪。

「嗯，我也覺得。歐克，牠們的確不值得我們花太多力氣，也不值得你為牠們冒什麼險。要是那個滿嘴屁話的里沃博夫不在，上校也不那麼死腦筋一定要遵循法規的話，我們應該會直接把整塊殖民地都清乾淨，而不是現在這種志工隊模式。反正牠們遲早會被消滅，不如早點解決比較好。事實就是這樣，未開化的原始種族永遠都得讓位給已開化的文明種族，不然也得被同化。不過當然了，我們沒辦法同化這麼多綠猴子，而且就像你說的，牠們只是有點小聰明而已，根本不值得信任。綠皮就像以前生活在非洲的那種大猴子，叫什麼來著？」

「大猩猩嗎？」

「對。如果沒有綠皮，我們在這裡的進展會更順利，就像沒有大猩猩之後，我們在非洲就過得更好一樣。牠們太擋路了……不過，既然老叮咚現在說要用綠皮勞工，我們就用綠皮勞工。暫時如此，好嗎？晚上見了，歐克。」

「好的，上尉。」

史密斯營地的總部，設有邊長四公尺的松木板立方體，兩張桌子、一臺飲水機，伯諾中尉正在裡頭修理無線電對講機。戴維森在此登記直升機的使用權。

「伯諾，營地交給你，別燒掉了。」

「老大，幫我帶隻小野貓回來。金髮，三圍要三四、二二、三六的。」

「媽的，還有別的要求嗎？」

「我喜歡身材好的，不要下垂。」伯諾動作誇張地表達他對女人的偏好，戴維森一邊笑著一邊走向停機棚。直升機飛過營地上空時，他向下望：房舍有如孩子玩的積木，道路彷彿潦草塗鴉線條，長條空地上留著短短的樹樁。隨著直升機攀升，一切逐漸縮小，他看見這座大島上尚未砍伐的綠色森林，以及在那後方深淺色調交疊的綠色海洋。現在，史密斯營地看起來就像一塊黃漬，是浩瀚綠色掛毯上的一塊斑點。

他向南越過史密斯海峽，越過林木繁茂、地勢劇烈起伏凹折的中央島北部，在中午前抵達中央鎮。自四年前殖民初始便存在這裡的中央鎮，有真正的街道和真正的建築物；在森林裡待了三個多月後，這裡看起來就像座大城市。若只看中央鎮，不會意識到這其實是座脆弱的偏遠拓荒小鎮，但只要抬頭望向南方，就會看到一座比中央鎮任何建物都要高聳的金色高塔，閃閃發亮地矗立在半英里外的砍伐空地和混凝土座上。太空船本身其實不大，不過從這個方向看過去極其雄偉。而那還只是艘機動艇，或者說登陸艇，是隸屬於另一艘太空船的子船，真正的近光速母艦夏克頓號正在五十萬公里外的高空軌道中繞行。這艘機動艇只是某種暗示、某種枝微末節，象徵著其後的地球星際穿梭技術多麼浩瀚、強大且精準。

這就是為什麼戴維森一看見來自家鄉的船艦，眼中便充滿淚水。他並不為自己的反應羞愧。他是個愛國的人，天性如此。

不過當他走在這座拓荒小鎮的街道，前後都是寬闊荒蕪的景色時，他很快便微笑起來。只因為這裡有女人，光是這點便令人滿意。而且看得出來她們都是新人。她們大多穿著長窄裙和橡膠雨鞋似的大鞋子，或紅或紫或金，以及有摺邊裝飾的金色或銀色襯衫。時尚風潮變換，可惜現在沒有緊貼著布料的乳頭可以看了。每個女人的頭髮都向上堆得天高，一定是噴了她們用的那種什麼膠。說真的很醜，但因為只有女人會這樣搞自己的頭髮，所以還是令人興奮。戴維森對著一名小個子歐非混血女孩咧嘴笑，她的胸脯豐滿，頭髮看起來比頭還大。她並未回以笑容，不過和戴維森交錯而過後臀部便不斷搖晃，正清楚說著：跟我走跟我走跟我走。戴維森沒有跟上去，時機還沒到。他來到中央總部：速成石材加上塑膠板的標準建築，四十間辦公室、十臺飲水機和一座地下軍械庫。他到新大溪地中央殖民行政指揮部報到，與幾名機動艇的機組人員碰了面，向林務局申請一臺新的半機器人式剝樹皮機，然後約了老朋友朱朱·瑟瑞下午兩點在野宴[4]酒吧碰面。

他提早一小時抵達，開喝之前先在胃裡墊點食物。里沃博夫也在這裡，與幾個穿艦隊制服的人坐在一起，應該是搭夏克頓號機動艇下來的白痴。戴維森對海軍沒有太多敬意，覺得他們就是一群自以為是的星際遊客，把骯髒、泥濘、危險的在地開墾差事全都丟給陸軍；不過軍官畢竟還是軍官，能看到里沃博夫對著穿制服的拚命裝熟就是非常有趣的事。里沃博夫一邊說話，一邊像平時那樣揮舞著雙手，戴維森經過一旁時伸手拍了拍他肩膀：「嗨，拉吉[5]老朋友，最近好嗎？」雖然很不想錯過里沃博夫那張臉陰沉下來的樣子，不過戴維森沒等對方變臉就離開了。里沃博夫這麼討厭他實在非常可笑。也許是因為那傢伙和絕大多數知識分子一樣娘炮，討厭戴維森的陽剛之氣。無論如何，戴維森完全不打算花任何時間去討厭里沃博夫，他不值得那個力氣。

野宴酒吧供應最頂級的鹿肉排。一人一餐吃掉一公斤的肉，這要是在舊地球上會有人說多少閒話？大豆仔真他媽的有夠可憐！而正如戴維森所料，朱朱來的時候身旁還帶著新來的小野貓：兩名精挑細選、香香甜甜的美女，不是殖民地新

4 這裡的「野宴」（Luau）一詞出自夏威夷語，原意指的是皇家宴會上的主菜，十九世紀後逐漸演變成現在所知聚餐、慶祝的意思。

5 拉吉（Raj）是印度人的常見名字。

娘，而是快樂參謀。喔，看來殖民管理局那些老傢伙的腦袋偶爾也是會通的嘛！這是個熱辣辣的漫長午後。

回程，他越過史密斯海峽往營地的方向飛，與視線同高的太陽正躺在海面一片廣闊朦朧的金色床鋪上。他懶骨頭般癱坐在駕駛座裡唱著歌，史密斯島自模糊的霧氣中浮現，營地上方濃煙密布，彷彿焚化爐裡被倒了黑油似的冒著深色熏煙。他連底下的建築物都看不清楚，直到在著陸區降低高度後，他才看到焦黑的噴射機、嚴重損毀的直升機，以及付之一炬的機棚。

他重新拉抬直升機，飛越營地，高度之低差點撞到焚化爐的錐形煙囪。這是唯一矗立的東西，其他的一切都已消失，鋸木廠、熔爐、貯木場、總部、小木屋、人員住宿區、綠皮營區，全部。焦黑的機具骨架與殘骸還冒著煙。但這不是森林大火，森林仍站在原來的位置，翠綠如舊，就在廢墟旁。戴維森掉頭飛回起降場，落地後迅速跳出機外尋找摩托車，不過同樣也只找到黑色的殘餘，以及仍在悶燒、散發惡臭的毀損機棚及機具設備。他邁開大步，慢慢沿著小路跑向營地。經過本來是無線電收發站的位置時，他的思緒突然開始轉動。他毫無猶豫立刻轉向，離開路徑來到殘破的小屋後方，然後停下腳步，仔細聆聽。

沒有人。一片寂靜。火勢已經熄滅許久，只剩龐大的木材堆仍在悶燒，灰燼與焦炭底下閃爍著明亮的鮮紅。這些長形的灰燼堆曾經比黃金還值錢；不過營房和小木屋的黑色骨架沒在冒煙，而且灰燼中有骨頭。

戴維森蹲在無線電收發站後方，思緒變得極度清晰且活躍。現在有兩種可能。一：攻擊來自另一個營地。國王島或新爪哇可能有軍官失去理智，試圖進行太空政變。二：攻擊來自外太空。他在中央鎮時看見那座停在太空船碼頭的金色高塔。但如果夏克頓號已經叛變成為私掠船，為什麼不直接攻占中央鎮，反而來劫掠小營地？不對，應該是外星人入侵。可能是未知種族，或者是賽提人或瀚星人終於決定接管地球的殖民地。他從來不信任那些該死的高智慧類人生物。他們一定是用熱彈攻擊，帶著噴射機、飛行車及核武的入侵兵力可以輕易躲在西南半球任何一座島嶼或礁岩上。他得立刻回直升機發出警報，然後試著在這附近進行偵察，好告訴總部自己對實情的評估。他剛站起身，便聽見了那些聲音。

不是人類。高而輕柔，喋喋不休。是外星人。

收發站的塑膠棚頂因為高溫而變得像蝙蝠翅膀一樣癱至地上，他四肢著地躲在那後面，靜止不動，仔細聽著。

四隻綠皮從幾碼外的路上走過，都是野生個體，全身赤裸只纏著鬆垮的皮帶，皮帶上頭掛著刀和小袋子，沒穿發給馴化綠皮的短褲和皮項圈。綠皮營區裡的志工一定都和人類一起被燒死了。

牠們走過他躲藏的地方，沒多遠便停了下來，以嘰嘰喳喳的聲音緩慢交談。戴維森屏住呼吸，不想被發現。這些邪惡的綠皮在這裡幹麼？一定是入侵者派出的間諜和偵察兵。

其中一隻邊說話邊指向南方，然後轉頭，於是戴維森便看到了牠的臉。他認得牠。綠皮的外型都差不多，不過這隻長得不太一樣。不到一年前，戴維森曾在那張臉上留下印記。這是在中央鎮時發瘋攻擊他的那隻綠皮，里沃博夫的殺人寵物。牠在這該死的藍色地獄做什麼？

戴維森的思緒狂奔運轉，頓時恍然大悟；他的反應能力一如既往地迅速，他猛然起身，態度從容，手裡拿著槍。「綠皮，停。待在原地。不要動！」

他的聲音如甩出的鞭子般炸裂。四隻矮小的綠色生物沒有動作，臉被揍得凹陷的那隻隔著焦黑的建築殘堆朝他看來，巨大而空洞的雙眼中沒有任何光芒。

「立刻回答。這場火，誰放的？」

沒有回應。

「立刻回答，快快快！不回答我就燒死第一隻，然後另一隻，然後再一隻，懂嗎？這場火，誰放的？」

「戴維森上尉，是我們燒了營地。」中央鎮來的那隻以奇異的輕柔嗓音說著，令戴維森想起某些人的聲音也是如此。「人類都死了。」

「你們燒的是什麼意思？」

不知怎地，他想不起疤痕臉叫什麼名字。

「這裡本來有兩百名人類，還有九十名被奴役的我族族人。我與九百名族人從森林裡出來，先把在森林裡砍樹的人類殺死，再殺這裡的人，同時放火燒房子。我還以為你已經死了，戴維森上尉，很高興能見到你。」

太誇張了，顯然是謊言，牠們不可能殺死所有人。歐克、伯諾、馮・斯登，總共兩百名兄弟，一定有人逃過一劫。這些綠皮有的只是弓和箭，而且不管怎麼說牠們不可能做這種事。綠皮不會反抗、不會殺人、不懂戰爭，牠們是無種內攻擊行為[6]的種族，意味著牠們本身容易受到攻擊。牠們從來不曾抵抗過，當然也絕對不可能一下子屠殺兩百個人。這太瘋狂了。這片寂靜、在漫長溫暖傍晚的空氣中燃燒的輕微臭味，以及那些動也不動直盯著他看的淺綠色面容，一切綜合起來是一幅難以理解的景象。這是一場瘋狂的可怕夢境，一場噩夢。

「誰做的？」

「我的九百位族人。」一疤痕臉以該死的虛假人類聲音說道。

「不對，不是那個意思。除此之外還有誰？你們聽誰的命令？是誰告訴你們要做什麼？」

「我太太。」

這時戴維森看見牠撲了過來。他從眼前生物的神色中看見難掩的激動，但是牠的撲擊卻如此柔軟、歪斜，以至於他的子彈打偏了，並未擊中牠的眉心，只在其中一邊的手臂或肩膀留下燒灼的痕跡。接著那隻綠皮就壓到他身上。明明體型

---

6 種內攻擊行為（intraspecific aggression），同一種族物種內的攻擊行為，為了取得有限的資源，絕大部分的動物都會有這種特質。

和重量都只有自己的一半，卻猛然將他撞得失去平衡。他太依賴手上的槍了，完全沒料到對方會發動攻擊。那東西的手臂細而堅韌，毛髮在他手中感覺粗糙，而就在他奮力搏鬥之際，牠突然唱起歌來。

他被壓倒，仰躺在地，武器被奪，四張綠色的嘴臉低頭看他。臉上有疤的那個還在唱歌，吐出一連串急促含糊但是帶有旋律的話語。其他三隻聽著，咧開嘴露出白牙笑。他從沒看過綠皮笑，從未以這個角度仰視綠皮的臉，一直以來都是由上而下，低頭俯視，高高在上。他試著不再掙扎，因為這時再做什麼都是徒勞。牠們的體型雖小，可是數量多，而且他的槍在疤痕臉手上。他必須等待。但是他突然一陣噁心，作嘔的感覺令他的身體不由自主抽搐、緊繃而扭曲。那些小小的手毫不費力地將他壓倒在地，綠色的小臉帶著笑容，在他上方微微晃動。

疤痕臉的歌唱完了。牠用膝蓋壓著戴維森胸口，一手持刀，另一手拿著戴維森的槍。

「戴維森上尉，你不會唱歌對吧？好，那你可以跑回直升機飛走了。去告訴中央鎮的上校這個地方被燒，人類都被殺死了。」

綠皮右臂的毛因為血液而黏結，血紅得教人驚心，就和人類的血一樣。刀子在牠綠色的掌中顫抖著。滿布傷疤的臉神色銳利，從極近的距離俯視著戴維森，現在他可以看見那對炭黑雙眼深處燃燒的奇異光芒。牠的嗓音依然輕柔平靜。

牠們放他離開。

他謹慎起身，仍因為被疤痕臉撞倒而頭暈目眩。那幾隻綠皮知道，他的可及範圍是牠們的兩倍，於是現在都站得離他遠遠；不過有武器的不只是疤痕臉，還有另一把槍也對著他。拿槍的是阿班。阿班，他自己的綠皮。那隻骯髒卑劣的灰色小王八蛋，臉上神色和平時一樣愚蠢，但是手裡正拿著槍。

在兩把槍的監視下，要轉身其實非常困難，不過戴維森還是照做了，開始往起降場走去。

他身後有個聲音用綠皮的語言喊了個字，尖銳響亮。另一個聲音則說：「快快快！」接著一陣彷彿鳥鳴囀啼的奇怪聲音響起，想必是綠皮的笑聲。槍聲炸裂，擊中他旁邊的路面。媽的，這不公平，牠們有槍，他卻赤手空拳。他跑了起來。他有辦法跑贏任何綠皮，再說牠們不曉得怎麼用槍。

「逃吧。」他身後遠處有個平靜的嗓音這麼說道。是疤痕臉。他名叫賽伏。他們以前都叫他山姆，直到里沃博夫制止戴維森繼續教訓他人生的道理並把山姆收為寵物後，他們才開始叫他賽伏。天啊，這到底是怎麼回事，根本噩夢一場。他拔腿狂奔，血液在耳中奔流如雷震響。他在煙霧瀰漫的金色黃昏中奔跑，甚至沒注意到小路旁有具屍體。屍體沒有燒傷的痕跡，看起來就像洩光空氣的白色氣球，藍色的雙眼瞪視空中。牠們沒殺戴維森，也沒再對他開槍。不可能的，牠們根本殺不了他。直升機出現在眼前，毫無損傷、閃閃發亮，他鑽進駕駛座，在綠皮們來得及有任何舉動之前飛上天空。他的雙手顫抖，但幅度細微，只是受到驚嚇而已。牠們殺不了他。他繞過山丘，迅速低飛掉頭尋找那四隻綠皮的身影。凌亂殘破的營地裡沒有任何動靜。

今天早上這裡還有個營地和兩百名弟兄，現在只剩四隻綠皮。他做夢也沒想過會發生這種事。牠們不可能憑空消失，一定還在某處，躲著。他打開直升機鼻端的機關槍，開始掃射炭焦的地面，在森林的綠葉上射出孔洞。他低空飛行，以彈雨清洗下屬們焦黑的骨頭與冰冷的軀體，以及毀損的器械和腐爛的白色樹樁。他一次又一次繞行，直到用光彈藥，槍身的抽搐突然停止。

戴維森的手不再顫抖了，身體也平靜下來，知道自己並非困在夢境之中。他掉轉方向越過海峽，要把消息帶到中央鎮。飛行途中，他可以感覺到臉部肌肉逐漸放鬆，恢復成平時的平靜線條。他們沒辦法把這起災難怪罪到他身上，因為他根本不在場。也許上面的人會意識到整起事件的重點在於，綠皮們趁他離開時展開襲擊，牠們知道若有他在場坐鎮防禦，襲擊將會失敗。往好處想，這次的災難或許能讓他們了解現在應該採取早該執行的策略：肅清整顆星球，讓人類全面進駐。上頭馬上就會知道，主導大屠殺的是里沃博夫的綠皮寵物，這下子連里沃博夫都沒辦法阻止他們消滅綠皮了！從現在開始，他們會花上一陣子的心力去消滅那些大老鼠，也許——只是也許——這項小任務會落到戴維森手上。這個念頭足以令他露出笑容，不過他選擇保持神色平靜。

他機身下的海面在暮色中顯得灰暗，橫躺在前方遠處展開的則是昏黃薄暮中的島嶼山丘，以及其上縱深起伏、溪流滿布、枝葉繁盛的森林。

二

細長的葉片在風的吹撫下不斷變換著諸多色彩，從鐵鏽至夕陽，從赭紅到嫩綠。紅銅柳木的粗根在流動的溪邊隆起如脊，長滿綠苔；這裡的水流與風速一樣和緩，時而輕柔旋轉，時而幾乎停頓，不停受岩石、樹根以及低垂掉落的葉片阻礙。森林裡沒有永遠暢通的路徑，也沒有永遠直射的光線，總有樹葉、枝條、樹幹與根會介入風與水流、日光與星光的去向，總有各種幽暗蔭影和交錯複雜。許多小徑在枝葉下蔓延，繞過主幹、跨越樹根，從未筆直前進，而是如神經一般迂迴曲折，屈從讓道給每項阻礙。這裡的地面並不乾燥堅實，反而潮溼有彈性，是樹木枝葉漫長而複雜之死亡與所有生物合作之下的產物；這座肥沃的墓地長出了近三十公尺高的大樹，並抽長許多直徑半英寸圓圈的細小蕈菇。空氣裡的味道幽微、多變、甜美。視線在這裡總望不遠，但如果你抬頭便能從枝葉之間瞥見群星。這裡沒有任何純粹、乾爽、枯燥、樸素的事物，也缺乏揭示。這裡沒有所謂的一目了然：萬物皆充滿著不確定。鐵鏽和夕陽的顏色持續在紅銅柳木垂掛的葉面上變換，讓人無法確定這種柳葉究竟是綠，是棕紅，還是紅中帶綠。

賽伏沿溪畔一條小徑走來，速度緩慢，時常被柳樹的根絆倒。他看見一名老人在做夢，於是停下腳步。長條柳葉後的老人在夢裡看見了他。

「夢者之主，請問是否能讓我前往您的會所？我走了很長的路。」

老人動也不動地坐著。不一會兒，賽伏便稍微偏離小徑，蹲坐在水邊。他低垂著腦袋，疲憊至極，急需睡眠。他已經走了五天的路。

「你來自夢境時間還是世界時間？」老人終於開口問道。

「世界時間。」

「這樣的話，跟我來吧。」老人迅速起身，帶領賽伏沿著向上蜿蜒的小徑離開柳樹林，進入比較乾燥、陰暗的橡木與山楂林。「剛才我把你當成了神。」走在前方的老人說道。「而且我覺得自己似乎見過你，可能是在夢裡。」

「不是在世界時間裡。我來自索諾，以前從未來過這裡。」

「這座小鎮名叫愷迪思。我是山楂的寇羅．明娜。」

「我是白蠟的賽伏。」

「我們這裡也有白蠟的人，男女都有，也有你們的婚姻樹族冬青和白樺，不過沒有蘋果樹的女人。你來這裡應該不是為了尋找結婚對象吧？」

「我的妻子已經過世。」賽伏說。

男人會所位於一塊高地的初生橡木林中，他們來到會所前，彎腰爬入隧道般的入口。屋內火光閃爍，老人重新站起，不過賽伏依然肘膝趴地，無法起身。在終於獲得協助與慰藉後，他那強行活動過久的身體不願再前進任何一步。他躺下，雙眼自動閉上。賽伏終於放鬆，帶著感激的心滑入遼闊的黑暗之中。

愷迪思會所裡的男人們照料著他，他們的治療者也前來醫治他右臂的傷口。夜裡，寇羅．明娜和治療者拓博雙雙坐在火旁。這天晚上，大部分男人都和妻子在一起，長凳上只剩下兩名很快便入睡的年輕夢者學徒。「我想不出有什麼東西能在男人臉上留下那樣的傷。」治療者說。「更別說是他手臂上的傷口了，這種傷口真的非常古怪。」

「他掛在腰帶上的機器也很奇怪。」寇羅．明娜說。

「我有看到，不過剛才看又不見了。」

「我放到他凳子下了。那看起來像是拋光過的鐵，但又不像男人們的手藝。」

「他跟你提過，說他來自索諾。」

兩人沉默了一會兒。寇羅．明娜感到一陣沒來由的恐懼壓在身上，於是悄悄滑入夢中尋找恐懼的原因；他是個老人了，對此早已非常熟練。夢裡有巨人行走，沉重而可怕。他們的四肢乾燥、長滿皮屑，全身包裹在布裡，眼珠小而光亮，彷彿錫珠。拋光鐵塊製成的龐然大物在他們身後爬行，樹木傾倒在他們腳邊。

倒下的樹間跑出一名男人，大聲哭嚎，嘴上有血。他跑向的那條路便是愷迪思會所門前的小徑。

「看來沒有太多疑問。」寇羅．明娜溜出夢境說道。「他若不是離開索諾後便直接過了海，就是從我們這裡的凱玫代瓦海岸徒步走來。旅人們說這兩個地方都有巨人。」

「他們會不會跟著他。」拓博說；他的這句話既未提供解答，也不像在提問，而僅是陳述這種可能性。

「寇羅，你看過巨人一次，對吧？」

「看過一次。」老人說。

他做著夢；他已經非常老了，不如以前強壯，有時會沉入睡夢一段時間。天亮，正午過去。會所外，有支狩獵隊伍離開鎮上，孩童歡樂地吵鬧，女人交談的聲音如流水。一陣相對枯啞的嗓音在門前呼喚著寇羅．明娜。他爬出門口，迎向傍晚的陽光。他的妹妹站在外頭，愉悅地嗅著風裡的馨香，不過神情依然嚴厲。

「寇羅，那個陌生人醒了嗎？」

「還沒，拓博正在照顧他。」

「我們必須聽聽他的故事。」

「他很快就會醒了。」

愛波．丹迭皺起眉頭。她是愷迪思的女族長，正為自己的族人感到焦急，但不想因此打擾傷患，也不想執意行使權利進入會所而冒犯夢者。「寇羅，能不能叫醒他？」最後她終於發問。「如果……有誰在追他怎麼辦？」

他感覺到了妹妹的情緒，但是沒辦法像駕馭自己的情緒那樣去控制她的；她的焦躁啃咬著他。「如果拓博允許，我就叫醒他。」他說。

「試著盡快打聽他帶來怎樣的消息。要是他是個女人就好了，這樣就能和他講道理……」

陌生人醒了，發著燒躺在半陰暗的會所裡。難以控制的疾病之夢令他雙眼不停轉動。不過他還是坐起身，控制住自己，有條理地說話。寇羅．明娜一邊聽著，一邊感覺體內的骨頭不斷往內蜷縮，似乎它們正試圖躲避這則恐怖的故事，逃開這項新的消息。

「我以前住在索諾的埃薛司，當時的我叫賽伏．熙歐。任類砍倒了那區域的樹木，摧毀了我所住的城市，迫使我和其他人成為奴僕。我的太太熙歐也是奴僕之一，她被其中一名任類強暴至死，於是我攻擊了殺害她的那個任類。我本來也會死在他手上，不過另一名任類救了我，並讓我重獲自由。索諾所有的城鎮都已遭到任類毒手，無一倖免，於是我離開索諾來到北島，住在凱玫代瓦海岸的紅樹林。不久後，任類來到那裡，開始砍伐世界。他們摧毀了那裡的城市，潘勒。任類抓了一百名男人和女人，強迫他們成為奴僕，並讓他們住在圈欄裡。我沒有被抓住，和其他逃出潘勒的人一起住在凱玫代瓦北邊的酸沼澤地。我有時會在夜裡去找任類圈欄裡的人們，他們告訴我那個任類也在這裡。就是我曾經試圖殺死的那個。起初我很想再次動手，至少能讓圈欄裡的人自由，但是在那段時間裡，我不斷看到樹木倒下，看到世界被切開後放任腐爛。男人們也許能夠逃脫，可是女人們被關在更嚴實的地方無法離開，於是她們開始死去。我與躲在酸沼裡的人討論，所有人都非常害怕、非常生氣，但是沒有管道能夠發洩恐懼與怒意。經過漫長的討論、做夢，並制定計畫之後，我們在白晝攻了進去，用弓箭和狩獵長矛殺死凱玫代瓦的任類，燒掉他們的城市和機器，沒有放過任何東西。可是那個任類逃走了。他獨自回來，我將他壓在身下唱歌，然後讓他離開。」

賽伏陷入沉默。

「然後。」寇羅・明娜輕聲說道。

「然後有一艘飛船從索諾飛來，在森林裡追捕我們，不過什麼都沒找到。於是他們在森林裡放火，不過後來下了雨，所以幾乎沒有損害。圈欄中大部分的人都重獲自由，一部分人害怕會有更多任類前來追捕，便往東北方赫勒丘陵的方向前進，而我則獨自行動。任類認得我，你應該可以理解為什麼，他們認得我的臉；這一點讓我害怕，同時也會嚇到和我待在一起的人。」

「你的傷口怎麼來的？」拓博問道。

「他用他們的武器朝我射擊，不過我用歌聲壓制他，然後放他離開。」

「你獨自壓制了一名巨人？」拓博咧嘴笑著說，很想相信這是真的。

「不是只有我。另外還有三名獵人，同時我也拿著他的武器——就是這個。」

面對眼前的東西，拓博往後退縮。

三人都沉默了好一會兒。最終，寇羅．明娜說道：「你所說的這些事情非常黑暗，而且看起來前景愈來愈糟。你住在城市裡時，也是會所的夢者嗎？」

「我是。不過埃薛司的會所已經不存在了。」

「那沒關係，我們都說同樣的古語。你初次與我在阿斯塔的柳樹林中交談時稱我為夢者之主，而我確實是。賽伏，你會做夢嗎？」

「已經很少了。」賽伏回答，順從著要理問答[1]，垂下傷痕累累、發著燒的臉。

「醒時做夢嗎？」

「醒時做夢。」

「賽伏，你熟練於夢的技藝嗎？」

「不熟練。」

「你是否能將夢握在手中？」

「是。」

「你是否能隨心編織與形塑、指引與遵循、開始與停止？」

「有時可以，沒辦法持續。」

「你是否能踏上夢所揭示的方向？」

「有時可以，有時會很害怕。」

「誰不怕呢？賽伏，你的情況並不算全然的糟糕。」

「不，糟得很徹底。」賽伏說。「已經不剩任何的善了。」然後他開始發抖。

拓博讓他喝下柳樹藥劑，然後讓他躺下。寇羅．明娜必須問出女族長要求的問題；雖然很不願意，但他仍跪在這名傷病之人的身旁。「賽伏，那些巨人——也就是你口中的任類——他們會不會追蹤你的行跡而來？」

「我沒有留下任何行跡。從凱玫代瓦到這裡的六天之間，沒有任何人看過我。那不是真正的危險。」他掙扎著想再次坐起。「聽著，聽我說，你們看不出危險之處在哪裡。怎麼可能看得出來呢？我讓兩百個人死去，你們沒有做過這樣

1「要理問答」經常應用於宗教教育中，透過問答，教授信仰的基本原則和教義。

的事，連夢都不曾夢過。他們不會跟著我，而是會跟著我們所有人，會像獵人驅趕鼠兔那樣追捕我們，這才是危險所在。他們會試圖殺死我們。他們會殺死我們全部，殺死所有人。」

「躺著──」

「不，這不是胡言亂語，而是真實的夢境。凱玫代瓦有兩百名任類，他們現在都死了。是我們殺了他們，彷彿他們不是人似的殺了他們，他們有可能不對我們做出一樣的事嗎？他們之前是一個、一個地殺害我們的人，從現在起將會像殺死樹那樣，以數百、數千、數萬為單位殺死我們。」

「別亂動。」拓博說。「賽伏，這些事情都只發生在發燒時的噩夢，世界中不會發生這種事。」

「無論根有多古老，世界始終如新。」寇羅．明娜說。「賽伏，那些生物到底是什麼？他們看起來像人，也像人一樣會說話，但他們是人嗎？」

「我不知道。除非是瘋了，否則人會殺死其他人嗎？有任何野獸會殺死自己的同類嗎？只有昆蟲會這麼做。這些任類殺死我們就像我們殺死蛇那樣隨意。教我知識的那個任類說他們會殺害彼此，有時因為爭執，有時會像鬥爭的螞蟻般成群結隊彼此殘殺。我沒有親眼看過那種場面，但我知道他們不會饒過懇求生命的人，即使面對低下的頭顱也會出手攻擊，這我看過！他們體內有著殺戮的心，所以我才決定置他們於死。」

「而所有人的夢都會因此改變。」在陰影中盤腿的寇羅．明娜說道。「它們永遠不會和以前一樣了。我不該再踏上昨日與你一同前來時所走的路徑，那條從柳樹林向上爬升的路，我已經走了一輩子，現在那條路變了，因為你從上走過，完全改變了它。在今天之前，我們必須做的會是對的事，必須走的也會是對的路，對的路指引我們回家，可是現在家在哪呢？一切都變了，因為你做了你該做的事，而那件事是不對的。你殺了人。五年前我曾在廉根谷看過他們；他們駕著飛船而來，於是我躲在一旁觀察那六名巨人，看他們說話、觀察岩石和植物、烹煮食物。他們的確是人。不過你曾經和他們住在一起，賽伏，告訴我：他們會做夢嗎？」

「和小孩一樣，睡覺時會。」

「完全未加訓練？」

「對。他們有時會談論自己的夢境，而治療者會試圖利用那些夢治療，但全都未經訓練，也不懂任何做夢的技巧。我示範如何做夢之後，里沃博夫——就是教導我的那個任類——便理解了我的意思，但是即便如此，他仍將世界時間稱為『真實』，並稱夢境時間為『不真實』，彷彿那是兩者之間最大的差別。」

「你做了你該做的事。」沉默一會兒之後，寇羅．明娜再次說道。他在陰影之中與賽伏的視線相交。賽伏臉上絕望般的焦慮減輕了，滿是傷痕的嘴放鬆下來，他沒再說話，安靜地緩緩躺下，很快便睡去。

「他是神。」寇羅．明娜說。

拓博點頭接受老人的判斷，幾乎像是為此鬆了口氣。

「但是與其他的神不同。他既不像『追求者』，也不像沒有面容的『朋友』，更不像在夢境森林中行走的『白楊葉之女』。他不是『守門人』或『蛇』。雖然同樣來自世界時間，但他不是『豎琴手』、『雕刻者』或『獵人』。我們或許曾在過去幾年裡夢見過賽伏，不過以後再也不會了；他已經離開了夢境時間。他穿過森林而來，彼處葉子飄落、樹木傾倒，他是知曉死亡的神，是殺戮之後自己卻未重生的神。」

聽了寇羅．明娜的報告和預言後，女族長便採取了行動。她讓愷迪思鎮進入警戒狀態，確保每個家庭都準備好遷移，打包些許食物，為老人和病患準備擔架。她派數名年輕女性前往東方和南方探查任類的消息，並讓鎮上隨時保有一支武裝狩獵隊，而其他隊伍則依舊每晚出發捕獵。當賽伏逐漸恢復體力後，她堅持他來到會所外訴說自己的故事：講述任類如何殺害、奴役索諾的居民，講述他們如何砍倒森林，以及凱玫代瓦的人民如何殺死任類。如果有女人和不做夢的男人不能理解這些事，她會強迫他們再聽一次，直到他們了解並感到害怕。愛波・丹迭會這麼做，是因為她是個務實的女人。當她聽見身為大夢者的哥哥說賽伏是神、是事態的改變者、是不同現實間的橋梁時，她便相信，並依此行動。夢者的責任是謹慎，確保判斷正確；她的責任則是接受那項判斷，並且做出相對的反應。他看見必須完成的事；她則監督事件完成。

「森林裡的所有城市都必須聽見這些故事。」寇羅・明娜說。於是女族長派出手下的年輕信使，當其他城鎮的女族長也聽見了後，便也派出她們的信使。發生在凱玫代瓦的殺戮和賽伏的名字傳遍了北島，然後越過海洋傳至其他陸地，以口傳，也以文字；森民們最快的信使也得靠徒步奔跑，所以消息傳遞的速度並不快，不過已經夠快了。

四十土地座落在這個世界上，其上的人並非都是同一民族。他們使用的語言數量比陸地還多，同一種語言在不同城鎮又會形成不同方言。禮儀、道德、習俗、技藝彼此形成無限縱橫交錯的影響，連五大陸人民的體型都各自相異。索諾人高大白皙，是極佳的商人；睿西維爾人矮小，多數有著黑色毛皮，會吃猴子；如此這般。不過各地方的氣候差異極小，森林的差異也極小，海洋則根本沒有變化。好奇心、定期貿易路線以及與合適樹族通婚的必要需求，在各土地和城鎮之間維持著輕鬆從容的人口流動，因此，除了遠東和遠南這類極端偏遠地帶幾近傳說般、未開化的島嶼之外，所有土地上的人們都有著某種程度的相似。四十土地上的城市與鄉鎮都由女人掌管，幾乎每座城鎮都有男人會所。會所裡的夢者說著同一種古老語言，不因土地差異而有所改變。女人們鮮少學習這種語言；仍然從事狩獵、捕魚、編織、建造的男人們也一樣，他們只會在會所外做著小小的夢。因為大部分文字都由這種會所語言寫成，所以當女族長們派遣腳程快速的女孩們傳訊時，那些信件便會從一座會所被帶至另一座，並由夢者闡譯給女長老們聽，就像他們講述其他文件、傳聞、問題、神話和夢境時一樣。不過相信與否始終是女長老的選擇。

*

賽伏住在埃許森的一間小房間裡。雖然門沒上鎖，但他知道要是自己開了門，就會有不好的事情闖進來，只要他保持這扇門緊閉，一切都會沒事。問題在於屋前有座樹苗園，種了幾株小樹；不是水果或堅果，而是其他種類的樹，他想不起確切的品種。他走到外頭想一探究竟，發現它們全被連根拔起，斷裂躺在地上。他拿起其中一根有著銀色光澤的樹枝，些許鮮血從斷裂處流出。不要，不要連這裡也是，熙歐，他說：噢，熙歐，在死亡找上妳之前來我身邊吧！但是她沒有來，來的只有她的死訊、斷裂的樺樹、敞開的門。賽伏轉身快步走回屋內，發現整間屋子都建在地面之上，就像任類的房舍，高大而明亮。在這挑高房間的另一端有著另一扇門，門外便是任類城市中央鎮裡那條漫長的街道。賽伏的腰帶上掛著槍，如果戴維森走進屋裡就能朝他開槍。賽伏在敞開的門內等著，注視外頭的陽光。戴維森出現了，在寬闊的街道左右兩側狂烈地來回折返，速度極快、持續靠近；他的身形高大，奔跑的速度之快，賽伏完全無法用槍瞄準。槍很沉。賽伏開槍，但是沒有火花射出，他在憤怒和恐懼之中將槍與夢扔遠。

他帶著厭惡和鬱悶的情緒吐了口唾沫，嘆了氣。

「做噩夢嗎？」愛波．丹迭問道。

「全是噩夢，而且夢境都一樣。」他說。然而在回答時，那股強烈的不安和痛苦似乎減輕了些。愷迪思的白樺林裡，涼爽的晨間陽光自細密的枝葉間斑斑篩落。女族長喜歡手邊有事情忙碌，於是坐在這裡拿莖梗烏黑的蕨類編籃子；而賽伏正躺在一旁，沉浮在完整與半成的夢境之間。他住在愷迪思十五天了，傷口復原良好，仍然沉睡許久，不過這是他在許多個月來終於又開始規律地在清醒時做夢；不是一天之內一、兩次，而是遵循真正的做夢搏動節奏，在每一晝夜循環裡起伏十至十四次。雖然這些夢境都很糟糕，充滿恐怖與羞恥，他仍歡迎它們到來。他曾擔心自己將從此流離失根，因為太過深入行動所闢出的死亡荒地，而找不到返回現實之泉的路徑。現在，雖然水的味道仍然非常苦澀，他仍再次飲下。

不久前，他才將戴維森再次壓在焦黑營地的灰燼之間，這次不是用歌聲壓制，而是以石塊砸向他的嘴。戴維森的牙齒斷裂，血液在白色碎片之間流淌。

這個夢其實很有幫助，他感到直截了當的滿足，不過他停在此處，沒再繼續；在凱玟代瓦的灰燼中遇見戴維森之前和之後，他都做過這個夢多次。那個夢帶來的只有慰藉，再無其他。他淺嘗一口淡然無味的水，需要這種苦澀。他必須回到這一切的源頭，不是凱玟代瓦，而是名為中央的外星人城市裡那條可怕的長街，當初他在那裡與死神搏鬥，但敗下陣來。

愛波．丹迭一邊工作，一邊哼歌。她指引著黑色的蕨梗來回穿梭，迅速而整齊，那雙纖細手上絲絨般的綠毛隨著年長而泛銀。她唱著關於採蕨的歌，是女孩唱的歌：我採著蕨葉，掛念他是否歸來……她微弱而蒼老的歌聲彷彿蟋蟀的顫音。陽光在樺樹葉片上顫動。賽伏低頭埋在手臂上。

這片白樺林差不多位於愷迪思鎮的正中央，八條小徑向外延伸，在樹林間蜿蜒而去。空氣中瀰漫著柴煙的味道；樹林南邊枝椏稀疏的地方，有座房舍的煙囪正冒著煙，彷彿一條藍色的毛線在林葉中被解開。仔細觀察那片常綠橡木混合林，就會發現有一、兩百座房舍布於林間，實際數量難計，所有的屋頂都高出地面約六十公分。木屋有四分之三沉入地底，彷彿獾洞一般嵌在樹根之間。所有梁式屋頂都覆蓋著細枝、松針、蘆葦稈和土模組成的頂蓋，隔熱、防水，幾乎難以察覺。愛波．丹迭坐在白樺林裡編織蕨籃，整片森林與約八百人的聚落便圍繞在白樺林周圍兀自運作。她頭頂枝椏間有隻鳥「提，威」地叫著，聲音甜美。此時的人聲比平時嘈雜，因為過去幾天裡有五、六十名外地人陸續到來，大部分都是年輕男女，全是受到賽伏的名聲吸引；有些人來自北方的其他城市，有些則是他在凱玫代瓦一起謀殺任類的同伴，全都循著傳聞來到這裡打算跟隨他。森林裡充滿早晨鳥鳴、昆蟲嗡嗡振響和林間環境的聲響。雖然沒那麼響亮，不過其中也能聽見人們此起彼落的呼喊，溪旁也傳來女人們沐浴時喋喋不休的談話和孩子們的玩水聲。這座小鎮就是這片生機勃勃森林的一部分。

一位女孩快速走來，是年輕的女獵人，毛色如蒼白的樺樹葉。「母親，有南方海岸的口信。」她說。「信使在女人會所。」

「讓她吃過後過來。」女族長輕聲說。「噓，托菝，妳沒看到他睡著了嗎？」

一道強烈、明亮的陽光直晒在賽伏的眼睛上，女孩彎腰撿起一片巨大的野生菸草葉，輕輕蓋住他的雙眼。賽伏平躺著，雙手半開，傷痕累累的臉朝向上方，面容脆弱而傻氣，大夢者睡得像個孩子。不過此時愛波．丹迭注視的是女孩的臉。在不安的陰影中，那張臉亮了起來，帶著憐惜、恐懼與崇拜。

托莪迅速跑開。不久後，兩名女長老和那名信使成一列縱隊，沿著陽光斑駁的小徑沉默走來。愛波．丹迭舉起一隻手，示意安靜。信使立刻躺下休息，她先前一定跑得又遠又急，棕斑綠毛上滿是塵土與汗水。女長老們在一小塊日光中坐下，一動也不動，彷彿兩顆蹲坐的古老灰綠石塊，雙眼明亮而有活力。

賽伏在無法控制的睡夢中掙扎，有如陷入強烈恐懼一般大叫，然後醒來。他至溪邊喝水；回來時，身後跟著六、七名總是跟在身邊的追隨者。女族長放下編至一半的籃子說：「歡迎妳，信使，說吧。」

信使起身，朝愛波．丹迭鞠躬行禮，說出口信：「我來自崔那特，我的口信來自索布昂代瓦，在那之前源於海峽的水手，再之前則源於索諾的布羅特。這些訊息旨在傳遞給愷迪思的全體鎮民，不過我受命要說給生於埃薛司白蠟樹族中名為賽伏的男人聽。口信如下：索諾的巨人大城裡來了很多新的巨人，其中許多是女性。黃色火船在名為佩哈的地方上下來回。索諾的人都知道是埃薛司的賽伏燒毀了凱玫代瓦的巨人城市。在布羅特，流亡的大夢者們夢見了巨人，數量比四十土地上所有的樹更多。以上就是我所要傳遞的所有口信。」

聽完信差單調複誦後，他們全都陷入沉默。鳥在離剛才更遠一點的位置試探地啼叫：「威，威？」

「世界時間的情勢非常糟糕。」其中一名女長老揉著自己風溼的膝蓋說道。

一隻灰鳥從標記小鎮北界的巨大橡樹頂飛出，懶散地伸直了翅膀，乘著早晨的氣流盤旋滑翔。每個城鎮附近總有一棵樹上棲息著灰頭鳶，森林的清理者。

一名體型矮小的胖男孩跑過白樺林，年紀稍長的姊姊追在身後，兩人都像蝙蝠般細聲尖叫著。男孩跌倒，嚎啕大哭，女孩拉他起身，用一片大葉子擦掉他的眼淚。他們手拉著手，飛快跑進林間。

「有個巨人叫里沃博夫。」賽伏對女族長說。「我曾向寇羅．明娜提過，但沒對妳說過。當那個任類要殺我時，里沃博夫救了我，治好我的傷，讓我重獲自由。他想要認識我們，於是我回答了他的疑問，他也會回答我的疑問。有一次我問，他們種族的女性這麼少，怎麼能夠生存。他說在他們來的地方，有一半的人口都是女人，但是要等到男人準備好舒適的環境後，才會把女人帶來四十土地。」

「要等男人幫女人準備好舒適的環境？哈！那她們有得等了。」愛波·丹迭說。「他們就像榆樹夢境裡的人，屁股朝前走路，整顆腦袋都前後顛倒。森林都被他們變成乾燥的海灘了。」——她的語言裡沒有『沙漠』這個詞——「這也叫幫女人準備舒適環境？他們應該先派女人來才對。誰知道呢？搞不好他們文化裡的大夢者是女性。他們太蠢了，賽伏，沒有任何理智可言，根本是瘋的。」

「人不可能發瘋。」

「但是你也說過他們只會在睡眠中做夢，如果他們想在醒著時做夢，就會喝下毒藥，讓夢失去控制，這都是你說的！還有比這更瘋狂的嗎？他們分不出夢境時間和世界時間，和小嬰兒沒有兩樣。也許他們殺死樹的時候，還以為那棵樹會再活過來！」

賽伏搖著頭。他對著女族長說話，細微的嗓音依然猶豫，幾乎像是昏昏欲睡，彷彿白樺林裡只有他們倆。「不是的，他們非常了解死亡……當然了，他們的看法和我們不同，但是他們在某些層面的認識確實比我們更廣、更深。我所解釋的道理，里沃博夫大多能了解，可是我卻無法理解他所說的大部分事物。阻礙我的並非語言——我會說他的語言，他也學了我們的，我們還曾用兩種語言共同寫了一篇文章——但是我始終無法理解他某些話的意思。他說任類來自森林以外的地方，這很好理解。他說他們想要森林：要樹來當木材，要土地來種草。」賽伏的聲音雖然輕柔，不過足夠引起共鳴；銀樹之間的人們全都仔細聆聽著。「我們有些人看過他們砍伐世界的樣子，因此這點也很清楚。他說任類就像我們一樣都是人，說我們其實是相似的物種，接近的程度可能就像紅鹿和灰鹿。他說他們來自另一個地方，但那個地方不是森林，而那裡的樹都已被砍伐殆盡。他說他們有一顆太陽，和我們的太陽不同，而且太陽其實是顆星星。妳應該看得出來，這些事對我來說模糊難懂，我雖然講著他說過的話，卻不曉得真正的意思。不過這沒關係，他們想將森林據為已有這一點非常明確。他們的體型是我們的兩倍，武器也比我們強大許多，除此之外還有噴火器與會飛的船。現在，他們帶來了更多女人，未來也勢必會有孩子。他們目前的數量可能有兩千，甚至三千，大部分都在索諾，如果我們等上一、兩輩子的時間，給他們機會繁殖生育，這數量可能會加倍再加倍。他們會殺死男人和女人，連求饒活命的人也不放過。他們不會以歌聲競爭，也許他們已經放棄了自己的根，將之留在他們原生的那座無樹森林裡。他們或許會喝毒藥來釋放自己的夢，不過那只會讓他們感到醉意或者噁心。沒有人可以確定他們到底是不是人，或是否真的有理智可言，但這都不重要，重要的是他們太危險了，必須被趕出森林。如果他們不離開四十之地，我們就得將他們在此燃燒殆盡，就像城市所在樹林裡如果出現帶刺螞蟻巢穴，也必須燒毀那些巢穴一樣。如果我們不立刻行動，屆時被煙熏趕、被火燃燒的就會是自己。我們會伸腳踩死刺蟻，他們也會用腳踐踏我們。我的城市埃薛司被任類燒毀時，我曾看見有個女人倒在任類面前求他放自己一條生路，而他卻踩上她的背，踩斷她的脊椎，將她踢至一邊，彷彿她不過是條死去的蛇。我親眼見到那個場面。如果任類是人，那他們在做夢和做人兩方面一定都極為失格且無知，因此才會受到內心諸神的驅使，四處虐殺生命、破壞萬物；他們不願釋放內裡的神，反而試圖將之連根拔除並且否認。如果任類是人，他們便是邪惡的人，既不肯承認自身的神，也害怕在黑暗中看清自己的面容。愷迪思的女族長啊，請聽我說。」賽伏站了起來，在坐著的女人們中顯得高大突出。「我認為時機已到，我該返回故土，返回索諾，回到流亡者與被奴役的人民身邊。請告訴夢見城市大火的人，要他們隨我一同前往布羅特。」他朝愛波．丹迭鞠躬行禮，然後離開白樺林。他的腳步依然瘸跛，手臂也仍在包紮之中，不過步伐有種敏捷的姿態，神色也充滿自信，看起來比其他人更加健全無損。年輕的人們安靜地隨他而去。

「他是誰？」崔那特的信使眼神追隨著他的背影，如此發問。

「妳口信的傳遞對象，埃薛司的賽伏，行走於我們之間的神。孩子啊，妳以前看過神嗎？」

「十歲的時候，豎琴手曾經來到我們鎮上。」

「噢對，老爾迢。他屬於我的樹族，和我一樣都來自北谷。現在妳看到第二個神了，而且更加強大。把他的話帶給妳在崔那特的族人吧。」

「母親，他是哪一位神？」

「這是一位新的神祇。」愛波・丹迭用枯啞的蒼老嗓音說。「森林大火之子、遭謀殺者的兄弟，他是未能重生者。好了，妳們都走吧，回會所去吧，去看看有誰將和賽伏一同離開，看看能讓他們帶走哪些食物。讓我獨自在這裡待一會兒，我彷彿愚昧老男人似的，心中充滿了不祥預感，我必須做夢……」

*

那天晚上，寇羅．明娜陪著賽伏一路走到他們初次見面之處，走到溪邊的紅銅柳樹林。許多人打算跟隨賽伏往南，總共約六十人，是大部分人一輩子所見過最多人一齊行動的隊伍。他們將沿途引起巨大騷動，因而吸引更多人加入，一路前往通向索諾的渡海口。賽伏要求在這天晚上行使身為夢者的獨處特權。他獨自一人出發，追隨者們則會在隔天一早趕上他，自那之後他將忙於群眾和事務，沒有時間從容深入偉大的夢境。

「這是我們的相識之處。」老人在低落的枝條間停下腳步，下垂的柳葉如面紗。「也是我們分離之地。無庸置疑的是，此後與我們走上相同道路的人，會將這裡稱為賽伏的樹林。」

賽伏沉默了一會兒，靜靜站著如不動的樹。雲層漸厚遮蓋住星光，他周身騷動不停的銀色樹葉也逐漸暗沉下來。「您比我還相信我自己。」最後他終於說話，嗓音從黑暗中傳出。

「是的，賽伏，我相信你……我熟練於夢的技藝，而且年紀也大了。現在的我已經很少為自己做夢了。何必呢？對我來說少有新鮮事。我已經得到了人生中希望有的事物，而且超乎預期。我已經活了一輩子的人生。日子就像森林裡的葉片，而我是一株中空的老樹，只有根還活著。所以現在的我只能夢見其他所有人的夢。我既沒有憧憬，也沒有想望，只看到事物的本質。我看見枝頭上有顆果實正在成熟，那株樹木深植土中，四年來果子一天比一天熟。雖然這裡離任類城市如此遙遠，而我們一直以來也只躲在一旁窺視，或者看他們的船飛過，看著他們砍倒世界之後留下的死土，或者聽聞這些事件的傳聞；雖然只是如此，我們也已擔憂害怕了四年。我們都很害怕，孩子們從睡眠中醒來哭喊著自己看見巨人，女人不敢離開貿易路線太遠，會所裡的男人唱不出歌。恐懼的果實正在成熟，而我看見你去摘。你是收割的人。你看過也知道我們所害怕聽聞的所有事物：流亡、恥辱、痛苦，世界的屋頂與牆面倒坍，母親在苦難中死去，孩童無人教導、愛護……現在對世界來說是新的時代：糟糕的時代。而你承受了所有的折磨，你是我們之中走得最遠的。在最遠處，在這條漆黑之路的盡頭，樹就長在那裡，果實也在那裡逐漸成熟，現在是你伸手的時候了，賽伏，現在是你摘下那顆果實的時候。那棵樹的根扎得比森林更深，當有男人將它的果實握在手中，世界將會徹底改變。人們會知道的。他們會知道你是誰，就像我們知道你一樣。你不需要是個老傢伙或大夢者也能認出神的模樣！你所到之處都將有烈焰燃燒，只有盲目之人才看不見。不過賽伏你聽好，這些是我所見的景象，不一定是其他人所見，而我也因此愛你：我們在這裡見面之前，我就夢見過你了。當時的你走在一條路徑上，身後有幼小的樹木抽長，橡樹與樺樹、柳樹與冬青、冷杉與松、赤楊、榆樹、白花梣木，世界所有的屋頂與牆，永遠煥然一新。現在，再會了，我親愛的神與孩子，祝你一路平安。」

夜色隨著賽伏前行而逐漸暗沉，到了最後，連他雙眼的夜視視力也只看得見黑色的物體與平面。開始下雨了。他只離開愷迪思幾英里遠，便必須選擇點燃火把，或者停下。他選擇停下，在一株巨大栗樹的根部之間摸索到一塊地方，坐下，背靠上粗大的螺旋狀樹幹，樹幹裡似乎還保留著一絲陽光的溫暖。細雨在什麼都看不見的黑暗中下著，落在他頭頂的葉片上，落在他受絲質濃密毛髮保護的手臂、脖子和頭頂上，落在他周圍的泥土、蕨葉和矮樹叢上，落在森林裡所有葉片上，無論遠近。賽伏安靜坐著，靜得就像棲在上方枝條的灰色林鴞，並未入睡，在漆黑雨夜之中睜大了雙眼。

三

拉吉·里沃博夫上尉的頭在疼。疼痛最初從右邊肩膀肌肉深處隱隱發作，接著逐漸增強，最終惡化成右耳上方不斷猛烈撞擊的鼓聲。語言中樞應該位於左大腦皮層，他想著，卻沒辦法化為語言說出口；他沒辦法說話，沒辦法閱讀，沒辦法睡覺，沒辦法思考。皮層、渦流，偏頭痛、人造奶油麵包痛，哎呀哎呀哎呀。他這偏頭痛的毛病曾在大學期間治過一次，後來在陸軍預防性心理治療的強制療程中又治了一次，不過當他從地球出發時，還是多帶了幾顆麥角胺藥丸，以防萬一。他已經吞了兩顆，還有一顆超級強效止痛藥，加上一顆鎮定劑，另外因為咖啡因會中和麥角胺，所以他又吃了一顆胃藥來中和咖啡因；即使如此，疼痛的尖錐仍然跟隨巨大低音鼓的沉重節拍從他的右耳上方內側不斷向外鑿鑽。尖錐、鑿鑽、疾病、藥丸，噢天啊。主啊，拯救我們吧。豬肝香腸。愛斯熙人偏頭痛時怎麼辦？當然了，他們不可能會偏頭痛，他們會在預感疼痛發作前一週便靠著做白日夢解消掉所有壓力。試試看吧，試試看做白日夢，從賽伏教過的方法開始。雖然賽伏完全不懂電力，也始終搞不懂腦電圖的原理，但是當他一聽說 α 波以及 α 波的出現時機，便恍然大悟說道「喔對原來你講的是這個」，而在記錄他綠色小腦袋裡活動情況的圖表上也立刻出現了不容錯認的 α 波曲線。後來他花了半小時教導里沃博夫如何開關 α 波節律。這在當時真的沒有什麼，但現在已不是如此，世界已占據了我們[1]，哎呀哎呀哎呀我總能在右耳上方聽見時間的帶翼戰車緊追

1　出自英國詩人威廉．華茲華斯（William Wordsworth）的同名詩作〈*The World Is Too Much with Us*〉。詩人在其中批判第一次工業革命所引發的唯物主義。

迫近[2]，因為愛斯熙人在前天放火燒毀史密斯營地，殺死了兩百人。正確來說是兩百〇七個人，也就是除了上尉之外的所有活人。難怪藥丸沒辦法治好他的偏頭痛，因為這場疼痛的根源位在兩天以前兩百英里外的島上。越過山嶺，在遙遠的彼方[3]。灰燼啊灰燼，全都飄落[4]，而他對四十一號世界高等智慧生物的所有認識也躺在灰燼之中，一文不值，如塵土垃圾，只是一大堆錯誤資料與捏造假設。里沃博夫在這裡待了將近五個地球年，曾經相信愛斯熙人沒有能力殺人，無論對象是地球人種還是愛斯熙星人種都一樣。他還寫了一大篇論文解釋他們不可能殺人的原由以及邏輯。現在這些全都錯了，錯得致命。

他到底漏掉了什麼？

快到總部開會的時間了。里沃博夫小心翼翼起身，拉著整個身體一起移動，這樣他右邊的腦袋才不會掉到地上。他以水中漫步的姿勢走至桌邊，倒了杯統一配發的伏特加，仰頭飲盡。酒液令他產生了徹底的變化：讓他變得外向，變得正常。他覺得好多了。他走出門外，因為無法忍受摩托車的顛簸震動，於是徒步踏上中央鎮塵土飛揚的漫長大街，往總部的方向走去。經過野宴酒吧時，他貪婪地想再來一杯伏特加，不過看到戴維森上尉正要進門，自己只好繼續前行。

夏克頓號的人馬已經抵達會議室。除了以前就見過的楊中校之外，這次還有楊中校從軌道上帶來的新面孔。他們沒穿海軍制服，一會兒之後，里沃博夫才些許驚訝地認出並不是塔拉人。他立刻尋求引見。其中一位是歐爾先生，深灰膚色、體型矮壯、不苟言笑，是體毛濃密的賽提人；另一位則是勒潘能先生，高大、白皙、面目清秀，是個瀚星人。他們饒富興趣地向里沃博夫打招呼，勒潘能

---

2 改寫自英國詩人安德魯．馬維爾（Andrew Marvell）的詩作〈*To His Coy Mistress*〉；原詩文為「從背後」而不是「在右耳上方」。

3 出自同名英國傳統歌謠〈*Over the Hills and Far Away*〉。

4 改寫自歐洲傳統童謠〈*Ring a Ring o' Roses*〉，原歌詞中「落下」的不是灰燼，而是唱歌謠的孩童，孩子們唱到這裡時會假裝倒地。

說：「里沃博夫博士，我才剛讀完你對於愛斯熙人逆理睡眠[5]時意識控制的報告。」里沃博夫聽了著實愉快；對方還加上了他努力獲得的博士頭銜，這點同樣令人愉悅。里沃博夫從他們的談話得知兩人曾在地球待過幾年，且可能都是高等智慧生物學或相關領域的專家，不過中校介紹他們時並未提到他們的身分或職位。

會議室逐漸擠滿了人。殖民地的生態學家戈斯以及所有高階軍官都來了，其中包括主導行星開發——其實就是伐木作業——的蘇桑上尉；他的上尉頭銜和里沃博夫的一樣，都是為了安撫軍人腦袋而必須採取的權宜之計。戴維森上尉獨自抵達，腰桿直挺、英俊瀟灑，瘦長粗獷的臉平靜而嚴肅。每扇門邊都站了衛兵，陸軍人馬的每條脖子都僵硬得像鐵撬。這次會議明顯是要查明真相。**誰犯了錯呢**？我犯了錯，里沃博夫自暴自棄地想著。不過，滿是絕望的他仍以嫌惡蔑視的目光看著桌子對面的瑭．戴維森上尉。

楊中校的嗓音極為平靜。「正如各位所知，我的太空船夏克頓號，主要任務是前往瀚星集團中的八十八號世界佩斯諾，之所以停泊在四十一號世界只是為各位送來一批新的殖民地居民。然而在我們停泊的這一週裡，你們的偏遠營地卻剛好遇襲，考慮到未來的某些發展，我們不能輕易忽略此次事件——至於是怎樣的發展，若情況沒有變卦的話，你們之後就會得知細節。事實上，高層目前正在重新檢視四十一號世界是否該繼續作為地球殖民地，此次營地屠殺事件可能會加速他們決策。由於我的太空船沒辦法在這裡停留太久，我們必須盡速就**我們**所能的部分做出處置。首先，我想確定在場的人都已掌握相關資訊。我們已經在船上聽過錄音，戴維森上尉針對史密斯營地事件提出的口頭報告，你們的人也都聽過了嗎？很好。那麼，如果有人想對戴維森上尉提問請儘管開口。我自己就有一個問題想問。戴維森上尉，你在事件隔天與八名士兵一起搭乘大型直升機返回營地，

5 逆理睡眠（paradoxical sleep）又稱異相睡眠、矛盾睡眠，即快速動眼期睡眠，此時心跳、血壓、呼吸、腦波等近似於清醒時的狀態。

這趟飛行是否經過中央上級長官批准？」

戴維森站了起來。「報告長官，經過批准。」

「上級是否授權你們降落，並放火焚燒營地附近的森林？」

「報告長官，沒有。」

「但你還是那麼做了？」

「是的，長官。我想要逼出殺害下屬的綠皮。」

「了解。勒潘能先生？」

高眺的瀚星人清了清喉嚨。「戴維森上尉。在你看來，你的下屬是否對史密斯營地的狀態感到滿意？」他說。

「是的，我認為如此。」

戴維森的態度堅定而直率，似乎對自己惹禍上身毫不在意。當然了，這些海軍軍官和外來者無權指揮他，唯一能究責他失去兩百名屬下且逕行報復的人是他的直屬上校。但是上校明明也坐在這裡，正聽著他的回答。

「以邊境開墾營地的標準來說，他們是否都有吃得好、住得好，且未過度工作？」

「是的。」

「營地的管教紀律是否過於嚴厲？」

「不，沒有。」

「這樣的話，你認為這次叛亂的動機是什麼？」

「我不懂這個問題。」

「如果沒有人感到不滿，為什麼其中一部分人會屠殺其他人，並摧毀整個營地呢？」

一陣焦慮的沉默。

「請容我說句話。」里沃博夫開口。「史密斯營地雇用了本地的原生高智慧生物愛斯熙人，是他們聯合森林居民一起襲擊塔拉人類。在戴維森上尉的報告中，他將這些愛斯熙人稱為『綠皮』。」

勒潘能露出窘迫與焦慮的神色。「謝謝你，里沃博夫博士，看來我完全誤解了。我本來以為『綠皮』是塔拉人的階級詞彙，用來指稱伐木場中從事低下工作的僕人。我和大家一樣，一直以來都認為愛斯熙人沒有種內攻擊行為，所以我從來沒想過剛才討論的就是他們。事實上，我先前也不知道他們與你們的營地有合作關係——不管怎麼說，這麼一來我更不曉得是什麼原因引發了攻擊與暴動。」

「我也不曉得。」

「上尉說下屬對營地生活感到滿意時，有沒有包括這個世界的原住民？」賽提人歐爾毫無情感地喃喃說著。瀚星人聽了立刻接話詢問戴維森，聲音彬彬有禮、充滿擔憂：「你認為住在營地的愛斯熙人是否對營地生活感到滿意？」

「就我所知，是的。」

「他們在營地的地位或者從事的工作都沒有任何不尋常？」

里沃博夫感覺鄧上校及其參謀變緊張了，彷彿螺絲被鎖緊了一圈，星艦指揮官也有同樣的情緒。不過戴維森依舊冷靜而從容。「毫無異狀。」

里沃博夫現在知道了，夏克頓號收到的只有他的科學研究，他所提出的抗議文件以及殖民管理局要求的年度評估報告——〈原民族群對殖民地到來的應對調整〉——都被留在總部某張辦公桌的抽屜深處。這兩名外星來賓對於愛斯熙人受到的剝削毫不知情。楊中校當然知道，他以前就來過這裡，可能也看過綠皮的圈欄，但是無論如何，負責殖民地補給運輸的海軍指揮官，都不會對地球人與外星高等智慧生物之間的關係有多深入的了解。對楊中校來說，無論他是否同意殖民管理局的行事作風，在此地的所見所聞都不會令他有任何訝異；而對賽提人和瀚星人而言，除非他們曾在旅途中偶然經過，否則又能對地球殖民地有多少了解呢？勒潘能跟歐爾可能根本無意踏上這顆星球，或者也有可能他們本來無意降落，但在聽聞殖民地出事後堅持留下。為什麼中校要帶他們下來：是出於他自己的意願，還是他們的？無論身分為何，他們都隱然散發著某種權威，有股一本正經、令人陶醉的權力氣息。里沃博夫不再頭痛了，他感到一陣警醒與興奮，臉頰微微發熱。「戴維森上尉。」他說。「我對你前天與四名原住民的對峙有幾點問題。你確定其中一名就是山姆，又名賽伏・熙歐？」

「我認為是的。」

「你應該知道他對你有所怨恨吧。」

「我不知道。」

「你不知道嗎？他的妻子在與你性交之後便死在你的住處，而他認為你該為她的死負責。你不知道這件事嗎？他曾在中央鎮這裡攻擊過你一次，你居然忘了嗎？無論如何，我要說的是，賽伏個人對戴維森上尉的敵意，也許能為這起史無前例的攻擊提供一部分解釋或動機。愛斯熙人並非完全不會施行人身暴力，我過往的研究從來不曾主張這一點。尚未熟練夢境技藝或吟唱競技的青少年經常與彼此摔角或拳擊扭打，也並非每個都有好脾氣。但是賽伏已經成年，且是這些技藝的能手，我曾親眼目睹他與戴維森上尉第一次的私人衝突，相當確定他當時帶有殺人企圖。順帶一提，上尉的反擊同樣帶有殺意。當時的我認為，那次攻擊是由悲傷與壓力所引發，屬於個別精神失常事件，這顯然誤判了——上尉，依照你在報告中所提，當那四名愛斯熙人突襲你時，你最後是否仰躺在地？」

「是。」

「你呈現什麼姿勢？」

戴維森冷靜的臉色緊繃起來，變得僵硬，里沃博夫因此感到一股糾結的內疚。他想將戴維森的謊言逼入絕境，迫使他說出真相，但又不想在其他人面前羞辱他。強暴與謀殺的指控強化了戴維森本身的男子漢形象，不過那個形象正面臨威脅：里沃博夫喚出了他的另一種形象，這位士兵、戰士、沉著的硬漢，被只有六歲孩童身形的敵人打倒在地……那麼，要逼到什麼程度才能讓戴維森回想起，總是高高在上的他也曾倒地仰視那些小綠人的臉呢？

「就是躺在地上。」

「你的頭是向後仰還是轉至一邊？」

「我不知道。」

「上尉，我現在想要釐清一項資訊，這或許有助於解釋為什麼即便賽伏與你有私怨，且幾個小時前才剛協助殺害兩百個人，見到你時卻沒有殺死你。愛斯熙人會擺出幾種特定姿勢，防止對手進一步攻擊他們的身體。我想知道你是否碰巧擺出了其中一種姿勢。」

「我不知道。」

里沃博夫以目光掃視會議桌；每張臉都露出好奇的神色，帶點緊繃。「這些能夠終止攻擊的動作與姿勢，或許有部分出自於本能或求生意志，不過確實都是經過社會化發展、擴展而來的，當然也都需要經過後天學習。其中最有力且完整的是仰臥姿勢，背部朝下、閉上雙眼，轉頭完整露出喉頭。依照愛斯熙人的在地文化來看，我認為他們會難以傷害呈現這種姿勢的敵人，而會改以其他行為來宣洩怒氣或攻擊的衝動。上尉，當他們壓制你時，賽伏有沒有唱歌？」

「有沒有什麼？」

「唱歌。」

「我不知道。」

防堵嚴密，那就沒辦法了。里沃博夫正打算聳肩自認放棄時，賽提人說道：「里沃博夫先生，為什麼這麼問？」賽提人的性格相對嚴厲，但最可愛的地方就是他們不看時機、無窮無盡的好奇心；好奇心足以殺死賽提人，他們總急切想知道接下來的發展。

「是這樣的。」里沃博夫說。「愛斯熙人會以儀式性的吟唱來取代肢體攻擊。雖然我們很難確定人類是否真的有任何『天生』行為，不過這項普遍的社會現象，可能也有其生理學根基。這顆星球上的雄性高等靈長類動物，都喜歡以聲音彼此競爭，發出許多嚎叫或吹哨聲，占主導地位的雄性最終或許會輕輕拍打對手，不過基本上牠們只會花一小時左右的時間透過吼叫來壓制對方。愛斯熙人的吟唱競技同樣只會發生在男性之間，他們自己也了解這兩種行為的相似性，不過在他們眼中，吟唱競技不只是發洩衝動，更是一種藝術形式，由技高一籌者勝利。我想知道賽伏在壓制戴維森上尉後是否曾對他唱歌，如果有的話，我想知道這項舉動到底是他無法下殺手，還是他偏好不流血的勝利。以現況來看，這是相當迫切的問題。」

「里沃博夫博士。這種排解攻擊的行為，效果好嗎？愛斯熙人普遍都會採用這種方式？」勒潘能問道。

「成人之間大多採用這種方式。直到前天的事件發生前，我所觀察的結果，以及資料提供者的陳述都支持這項觀點。愛斯熙社會中幾乎沒有強暴、暴力攻擊和殺人命案。當然，有偶發意外，也有精神病患者，但是後者並不多見。」

「他們怎麼處置具有危險性的精神病患？」

「加以孤立。名符其實的孤立，會直接將他們留在小島上。」

「愛斯熙人是肉食生物，他們會獵捕動物嗎？」

「會，他們以肉類為主食。」

「太驚人了。」勒潘能說著，白皙膚色因為純粹的興奮而變得更加蒼白。「這是個能有效避戰的人類社會！里沃博夫博士，如此發展的代價是什麼？」

「我不確定，勒潘能先生，也許是缺乏變化。愛斯熙人的社會不變、穩定、始終如一，他們沒有歷史，整個種族已完美融合，不會再有任何進步了，可以說已經達到一種巔峰狀態，就像他們所居住的森林一樣，不過這並不表示他們無法適應變化。」

「各位先生，以專家的角度來說，這項資訊的確非常有趣，不過這可能已經脫離了我們試圖釐清的事件——」

「不好意思，鄧上校，不是這樣的，這可能就是我們該了解的重點。里沃博夫博士，請繼續？」

「嗯，我在想，也許他們現在不想證明自己的適應能力了。也就是調整行為來適應我們的能力，適應地球殖民隊的存在。過去四年來，他們始終以對待彼此的方式來對待我們。儘管外表相異，他們仍將我們視為同一種族，也就是人，然而我們卻未如他們的預期來應對他們。我們無視他們的反應、權利，以及迴避暴力的義務，我們殺害、強暴、拆散、奴役了這些原生種人類，摧毀他們的社群，砍伐他們的森林。如果他們最終認定我們不是人類，我也不會訝異。」

「既然不是人類，就能像動物一樣被殺死，沒錯，沒錯。」賽提人正徜徉在一連串邏輯推論中。勒潘能的臉則僵硬得彷彿白色岩石。「奴役？」他說。

「里沃博夫上尉所言全屬個人意見與推論。」鄧上校說。「我應在此聲明這些說法可能都有誤。他和我曾就相關話題討論過，但不適合在今天的場合向各位分享。勒潘能先生，我們沒有使用奴工。部分原住民在我們的社群中相當重要。除了臨時營地以外，所有其餘營地裡都有本土住民志工隊。我們在這裡的任務繁重，人力資源卻非常有限。我們確實需要勞工，也的確用上了能找到的所有勞動力，但無論如何，我們絕對沒有採用奴隸制度。」

勒潘能正要開口，不過把話讓給了賽提人，而後者只問：「雙方種族各有多少？」

戈斯回答：「目前有兩千六百四十一名塔拉人，而里沃博夫和我粗估，原生高等智慧生物的數量約在三百萬。」

「各位先生，你們在改變在地傳統之前就該好好檢視這些數據啊！」歐爾說著，並附帶一陣令人討厭但是絕對真誠的笑聲。

「我們有足夠的武器和設備，足以抵禦這些原住民所能做出的任何侵犯行為。」上校說。「然而，第一批勘察隊以及里沃博夫上尉帶領的我方專業研究團隊都有普遍共識，使我們相信新大溪地人是原始、無害、愛好和平的種族。現在看來，這項資訊顯然錯了——」

歐爾打斷上校。「顯然是這樣！上校，你會形容人類原始、無害、愛好和平嗎？不會。那你知道這顆星球上的高等智慧生物也是人類嗎？和你和我或者勒潘能一樣都是人類——因為我們最初都源自同樣的瀚星血統？」

「這是科學界的推測，我了解——」

「上校，這是既定的歷史事實。」

「沒有人能強迫我認為這是事實。」老上校變得怒氣沖沖。「我也不喜歡被逼著吞下別人的意見。事實是這些綠皮身高一公尺，全身綠毛，而且都不睡覺，以我的判斷標準來說他們就不是人類！」

「戴維森上尉，你是否認為本地的原生高等智慧生物是人類？」賽提人說道。

「我不知道。」

「但是你卻和其中一人——賽伏——的太太性交。你會願意和一隻雌性動物性交嗎？你們其他人願意嗎？」他環視眾人，看著臉色發紫的上校以及其下怒目而視的少校、勃然大怒的上尉和恐懼畏縮的研究專家。他的臉上浮現一陣輕蔑。「你們根本沒有思考清楚。」他如此說道。以他的標準，這句話已是粗暴的侮辱。

最後是夏克頓號的指揮官從尷尬沉默的海溝之中將話語打撈出來。「各位，史密斯營地的慘劇明顯與殖民地及原住民間的整體關係有關，從任何方面來說，都不是無關緊要的事件或者偶發個案。這一點目前已經得到確認。既然如此，我們可以做出些許貢獻來改善各位的問題。我知道各位始終殷殷期盼我們所帶來的兩百位女孩，不過我方此行的主要目的並不在此，而是要前往遭遇麻煩的佩斯諾，交給該地政府一臺安射波，也就是所謂的共時通訊機。」

「什麼？」名為瑟倫的工程師說道。桌子邊的所有目光都愣住了。

「我們船上所載的那臺是早期型號，造價約略等於整顆星球的年收入。當然了，那是我們二十七年前離開地球時的價格，現在的生產成本已相對較低。這種機器目前是海軍船艦上的標準配備；如果沒有意外，之後會有一艘由人或機器人駕駛的太空船前來這裡，給你們的殖民地一臺。事實上，那艘船正在來的路上，是一艘由人駕駛的政府太空船，如果我沒記錯的話，將在9.4個地球年後抵達。」

「你怎麼知道？」有人問道，幾乎為楊中校的回答鋪好了道路。他笑著回答：「因為我們船上所載的那臺安射波。歐爾先生，這項裝置是賽提人的發明，也許你可以為在場不熟悉相關術語的人解釋一下？」

賽提人的態度並未因此變得隨意。「我不會試圖對在座的各位講解安射波的運作原理。」他說。「不過我們可以將它的作用簡述為：跨任意距離進行即時訊息傳輸。通訊的其中一端必須位於質量巨大的物體上，另一端則可以位於宇宙中的任何地方。自從進入運行軌道以來，夏克頓號每天都與二十七光年外的塔拉進行通訊。與以往使用電磁設備不一樣的是，這些訊息的傳遞和回應時間不必花上五十四年，而是立即發生。星球之間已不再有時間隔閡。」

「當初夏克頓號一離開近光速飛行的膨脹時間，進入這裡的行星時空後，我們便立刻與塔拉聯絡——你們可以想成是打電話回家——由此得知過去二十七年航程中發生的重大消息。」嗓音輕柔的艦長繼續說道。「星球之間還是有時間隔閡，但是消息已經不會遲滯。如各位所見，這項發展對我們這樣的跨星際物種來說極為重要，就和語言能力之於進化初期時的我們一樣，兩者會有同樣的作用：讓我們得以建立社會。」

「二十七年前離開地球時，歐爾先生和我是各自政府——賽提 τ 系統第二行星[6]以及瀚星——的大使。」勒潘能的聲音依然溫文有禮，不過話中的溫度已經

6 此處原文為「Tau II」，綜合前文的「賽提」（Ceti）一詞，可以得知是指「鯨魚座 τ 恆星系統」（Tau Ceti）中的第二行星，也就是勒瑰恩長篇小說《一無所有》的故事場景。「賽提」一詞依循前書譯名，而「賽提人」一詞則是《一無所有》中地球人對於該系統中所有民族的通稱。

消失。「因為有了通訊能力，所以當我們出發時，人們還在討論組成文明世界聯盟的可能性，現在則已經有了世界聯盟，且已經存在十八年了。歐爾先生和我現在都是聯盟議會特使，身負離開地球時所沒有的職權與責任。」

來自太空船的這三人不斷說著同樣的事：現在有即時通訊器、有星際超級政府……信不信由你。這些人都串通好了，都在說謊。這個念頭閃過里沃博夫腦中；他細想了一下，判斷這是合理但毫無根據的懷疑，只是心理的防衛機制，因而將之丟在一旁。然而，某些軍方參謀受過區隔自我思考的訓練，是自我防衛專家，此時便會毫不猶豫擁抱那種想法，就像他將之捨棄一樣流暢。對那些人來說，他們必須相信任何宣稱突然獲得新權力的人都是騙子或謀反者，而里沃博夫所受的訓練是無論自己喜不喜歡都要保持開放心態，相比之下其實沒有誰比誰更受限制。

「所以我們就該相信——就要全盤接受你的說法嗎？」鄧上校的語氣帶著莊

重與某種引人同情的感染力。他知道自己不該相信勒潘能、歐爾和楊中校的話，但因為腦袋已經太過混亂，沒辦法好好區隔自己的想法，因此實際上相信了他們，並對此感到害怕。

「不是，已經不必再那麼做了。」賽提人說。「在以前，像你們這樣的殖民地必須相信往來船艦的說法以及無線電傳遞的過時內容，現在則不必如此，你們可以主動求證。我們會把預定要給佩斯諾的安射波交給你們。我們有聯盟賦予的職權，因此能夠這麼做。當然了，這樣的職權也是透過安射波獲得的。這塊殖民地的狀態很糟糕，比我從你們報告中理解的還要糟。你們的報告極不完整，不斷受到審查制度與愚蠢決策的干擾。不過，現在你們將會獲得安射波，可以主動和你們塔拉的主管機關聯繫，你可以要求正式命令，這樣就會知道下一步該怎麼走。有鑑於塔拉政府的組織結構在我們出發之後便發生重大變化，我建議你們應該立即與地球聯絡。從現在開始，你們再也不能假借無知，或者不負責任的自主權而執行過時的命令。」

賽提人就像牛奶，一旦把他們的脾氣搞臭，便會一直這麼臭下去。歐爾先生變得盛氣淩人，楊中校應該讓他閉嘴才是。但可能嗎？「世界聯盟議會特使」該被視為哪一級軍階呢？現在到底誰能發號施令？里沃博夫默默想著，也感到一陣不安的恐懼。他的頭痛再次復發壓迫，彷彿太陽穴上被緊緊勒了一圈髮帶。

他看向桌子另一頭，勒潘能的雙手在拋光裸木桌面上安靜地交疊，左手在上，膚色雪白、手指纖長。對里沃博夫的地球人審美品味來說，那蒼白的膚色是種缺陷，不過他非常欣賞那雙手所展現的平靜與力量。對瀚星人而言，文明不過是自然而然的結果，他想。他們建構文明的歷史已如此之久，全都過著高社交智商的生活，優雅得彷彿花園裡狩獵的貓，心懷確信如同渡海追尋夏天的燕子。他們是文明的箇中能手，從來不必故作姿態或者假裝，他們天生如此。從來沒有人能把人類的皮膚穿得如此合身——也許那些小綠人可以？那些異形、矮小、過度適應、發展停滯不前的綠皮，天生如此絕對、真誠且穩定沉著……

一位名叫班頓的軍官詢問勒潘能，他和歐爾來到這顆星球是為了擔任（他猶豫了一下）世界聯盟的觀察員，還是有任何職權能夠……勒潘能有禮貌地接過他的話說道：「我們在這裡是觀察員，職權僅只有報告，無權指揮。地球政府仍是你們唯一的主管機關。」

鄧上校如釋重負地說：「所以基本上就沒有任何改變——」

「你忘記安射波了。」歐爾打斷他的話。「上校，等這場會議結束後，我就會訓練你如何操作，之後你就能和你們的殖民地主管機關討論。」

「由於此地的問題頗為迫切，加上目前身為聯盟成員的塔拉可能在過去幾年裡修改了殖民法規，因此歐爾先生的建議不僅適當也很及時。我們應該感謝歐爾先生和勒潘能先生，謝謝他們決定將本該送至佩斯諾的安射波給予地球殖民地。這是他們的決定，我只能鼓掌叫好。現在，還有一件事需要決定，而且決策責任在我，請各位提供意見協助我做出最適切的選擇。如果你們認為殖民地受到的威脅迫在眉睫，原住民可能發動其他大規模攻擊，我可以讓太空船在這裡停留一到兩週，作為你們的防禦武器庫，此外我也可以幫助疏散婦女。這裡目前都還沒有小孩，是嗎？」

「是的，長官。」戈斯說。「殖民地目前共有四百八十二名女性。」

「很好，船上還能乘載三百八十名乘客，或許還能額外擠進一百人，超載的人數會讓回程時間晚上一年，不過還是可行。很遺憾我能做的只有這麼多。我們還是必須前往佩斯諾；如各位所知，它雖然是距離你們最近的鄰近行星，不過也還有1.8光年的距離。我們會在返回塔拉之前重新停靠此處，不過那至少也是3.5個地球年之後的事，你們撐得到那時候嗎？」

「可以。」上校說道，其他人也附和。「我們已經被警告過了，不會再被攻得措手不及。」

「我也想知道，這裡的原生種族是否能再撐過3.5個地球年？」賽提人說。

「可以。」上校說。但是里沃博夫則說：「不行。」他一直看著戴維森的臉，一種慌亂的神色籠罩著他。

「上校？」勒潘能禮貌地問道。

「我們在這裡已經四年了，原住民依然繁榮興旺。這裡有足夠的空間容納我們所有人。如各位所見，這座星球地廣人稀，若非如此，殖民管理部也不會決定開放殖民。如果有人擔心的話，我們不會再對原住民失去警惕。我們先前聽取了錯誤資訊，誤判這些原住民的天性，不過我們的武器完備，有能力保護自己。但是同樣地，我們也不打算進行任何報復行動。殖民法規中特別明文禁止報復行為。雖然我不知道新政府可能會加上哪些新條文，不過我們會如過往一樣，繼續遵守現行規定，堅決反對大規模報復或者種族屠殺。我們不會對外發出任何求救訊息，畢竟我們離家有二十七光年遠，大家會預期這座殖民地能夠獨立自主，且實際自給自足。即使現在有了共時通訊機，我也不認為這一點會有多少變化，畢竟船艦、人力和物資還是得以近光速飛行才能抵達。未來我們會繼續將木材運回地球，同時間也會照顧好自己。女人們不會有危險。」

「里沃博夫先生？」勒潘能說。

「我們在這裡已經四年了，我不確定這裡的原生人類文化還能不能撐過另外四年。就整體的土地生態學來說，戈斯應該會支持我的看法：我認為我們已經無法挽救地毀壞了一座大島上的原生生態環境，也徹底破壞了這座索諾次大陸，如果繼續以現行速度砍伐森林，這幾座可居住的大型陸地可能會在十年內沙漠化。這並不是殖民地總部或林務局的錯，他們只是遵照開發計畫執行。但是這份計畫是在地球上擬定的，對於要開發的星球、其生態環境或者原住民都沒有足夠了解。」

「戈斯先生？」禮貌的聲音問道。

「嗯，拉吉，你說得有點誇張了。不可否認，垃圾島已經徹底報廢，該地的過度砍伐行為完全違反了我的建議。各位請務必了解，一塊區域裡的森林如果被砍伐超過一定比例，纖維草就無法重新播種，而纖維草的根系是砍伐後空地的最主要護土植物，沒有它，土壤就會化為沙塵，並在風蝕以及強烈降雨的作用下快速流失。然而，我不認為基本指令有錯，這些指令是根基於對這顆星球詳細研究的結果，它們只是需要被嚴格遵守。我們遵照開發計畫，成功開發了中央鎮：保持最低限定的侵蝕，清理後的土壤也非常適合耕種。說起來，砍伐森林並不等於製造荒漠——當然，以松鼠的角度來看可能就不是如此。我們沒辦法準確預測，原生森林生態環境能否確實轉變成開發計畫所預見的『林地，草原，耕地』，不過我們知道大部分的原有生態系很有可能適應變化並生存下來。」

「在第一次大饑荒期間，土地管理局對於阿拉斯加也抱持同樣的看法。」里沃博夫的喉嚨鎖緊，聲音變得又高又沙啞。他本來還指望戈斯站在自己這邊。

「戈斯，你這輩子看過多少棵北美雲杉？雪鴞？狼？或者愛斯基摩人？開發計畫執行了十五年後，阿拉斯加原生物種在棲地的存活率是百分之〇點三，現在則是〇——森林生態系非常脆弱，如果森林消亡，其中的動物群可能也會跟著消失。在愛斯熙語中，『世界』和『森林』是同一個字。楊中校，即使殖民地未受到迫切威脅，我仍建議這顆星球——」

「里沃博夫上尉。」老上校說。「這類建議是否適切，應以殖民地長官的判斷為準，不該由技術參謀官直接呈向其他軍種的軍官。我不容許再有此類未經許可便擅自提出建議的情形。」

里沃博夫被自己爆發的怒氣嚇了一跳。他道歉，試圖保持神色冷靜。要是他的脾氣沒有失控，要是他的聲音沒有變得如此沙啞微弱，要是他能保持鎮定就好了……

上校繼續說道：「里沃博夫上尉，在我們看來，你嚴重誤判了本地原住民的和平程度及攻擊性，且正因為我們採信了你的專家意見，相信你對該種族不具攻擊性的描述，才導致史密斯營地門戶大開，發生這場悲劇。我認為我們應該先靜待一段時間，讓其他高等智慧生物學專家有時間研究他們，因為你的理論顯然有著某種程度的根本錯誤。」

里沃博夫坐在原位，默默承受。就讓太空船上的人看著他們彼此推卸責任，彷彿急於擺脫熱燙的磚頭吧，這樣更好：他們愈是起內鬨，這些特使愈可能介入調查，加以監督他們。他理當受責備，因為他的確錯了。只要能為森民爭取到機會，就讓我的自尊見鬼去吧，里沃博夫如此想著，一時間的羞辱感與犧牲小我的情緒如此強烈，淚水開始湧入眼眶。

他注意到戴維森正在看著自己。

他挺直坐姿，臉頰發燙，太陽穴鼓聲咚咚。他絕不接受戴維森那王八蛋的嘲笑。難道歐爾和勒潘能看不出戴維森是怎樣的人嗎？難道他們看不出他在這裡擁有多大的權力，而里沃博夫名為「顧問」的職權是如此微不足道嗎？要是繼續放任殖民地作為，不加以監督，只留下一臺超級無線電，這次的史密斯營地大屠殺事件，絕對會成為他們殲滅原住民的藉口。最有可能的是細菌殲滅策略。當夏克頓號在三年半或四年後重返「新大溪地」，只會看見一座欣欣向榮的塔拉殖民地，沒有任何綠皮問題，完全沒有。非常遺憾，發生了瘟疫，我們已經執行了法規要求的一切預防措施，但那一定是某種變種，他們沒有任何天然抵抗力，不過我們想辦法救了一些下來，將他們移居至南半球的新福克蘭群島上，總共六十二名，他們在那裡過得很好……

會議沒再持續多久便結束了。他站起來，傾身靠向桌子對面的勒潘能。「請您務必告知聯盟，讓他們做點什麼來拯救森林和森林民族。」他的喉嚨縮緊，聲音小得幾乎聽不見。「請您一定要這麼做，拜託，請您一定要這麼做。」

瀚星人抬頭看著他，眼神節制、和善、深沉似井。他未發一語。

四

實在太誇張，所有人都失去了理智。這該死的外星世界將他們全部逼瘋，把他們和綠皮一起拽進夢境世界。就算他把錄影紀錄重看一次，也還是無法相信自己在那場「會議」以及會後簡報中目睹的場面。堂堂星際艦隊的指揮官，竟然對兩名類人生物如此巴結奉承。所有的工程師與技術人員都對著一臺花俏無線電嗯嗯啊啊百般求愛，而多毛的賽提人在一旁既自誇又諷人，彷彿完全不曉得地球科學界早在許多年前就已預測共時通訊技術的到來一樣！類人生物偷走了那個構想，付諸實行，然後取了個「安射波」的名字，讓所有人都忘記那其實就是共時通訊機。不過最糟糕的是那場會議，鄧上校放任里沃博夫那個神經病又罵又哭，還放任他侮辱戴維森、侮辱總部參謀、侮辱整個殖民地，而那兩個外星人，一隻矮灰猿人和一隻慘白大妖精，從頭到尾就坐在一旁露著牙齒，對人類冷嘲熱諷。

情狀始終非常糟糕，夏克頓號離開後也沒有任何好轉。他不介意被派往穆罕默德少校指揮的新爪哇營地，畢竟上校必須對他有所懲處；實際上老叮咚可能對他在史密斯島的火攻反擊感到非常高興，只是那次攻擊違反了紀律，他不得不訓斥戴維森。沒關係，這就是遊戲規則。可是，本來的規則不包括那臺名為安射波的超大電視機傳來的訊息——神奇小鐵盒空降總部，倒成了新的神。

位在喀拉蚩的殖民管理局下令：**除了由愛斯熙人安排的場合以外，禁止地球人與愛斯熙人接觸**。換句話說就是，你們不能再進入兔子洞裡抓綠皮當勞動力了。**不建議雇用志工，且禁止強徵勞工**。永遠都是這種話。這樣他們要怎麼做事啊？地球到底還想不想要這裡的木材？他們還是不斷派無人貨船到新大溪地來不是嗎？一年四艘，每艘都會載著價值三千萬新地球幣的上等木材回到地球母星。

開發部的人當然會想要這幾千萬的貨物，他們可是商人。任何笨蛋都看得出來，這些訊息絕不是開發部的意思。

四十一號世界的殖民地資格——他們為什麼不用新大溪地這個名字了？——**正在重新審核。在結果確定前，殖民地與原住種族接觸時應極為謹慎……除自衛用的小型隨身武器外，嚴格禁止使用任何武器**——就跟在地球上一樣，差別只在於地球上的人連隨身武器都不能帶。可是大老遠跑到二十七光年外的邊疆世界卻不能用槍、不能用燃燒凝膠、不能用蟲彈，這樣是能幹麼？不行，不可以喔，你們要當個聽話的小男孩，乖乖讓綠皮們朝你臉上吐口水、對你唱歌，把刀插進你肚子裡，又燒掉你家營地，但是你絕對不能傷害那些可愛的小綠人，絕對不行！

強烈建議採用迴避策略，嚴格禁止侵略或報復政策。

所有訊息大致就在說這些，任何笨蛋都看得出來這不是殖民管理局的意思。才過三十年，那群人不可能有這種天翻地覆的改變。殖民管理局是一群務實、現實的傢伙，很了解在邊境拓荒星球上的生活是什麼樣子。「安射波」傳來的這些訊息都是騙人的，沒被異星生活衝擊到心理創傷的人都能清楚看出這一點。相關資料可能早已植入機器中，針對高機率的提問備好了答案，由電腦給予回應。工程師說，如果是這樣的話，他們會發現才對。大概吧。若是這種情況，那臺機器的確能和另一個世界即時通訊，只不過那個世界不是地球，差得遠了！在這花招另一端輸入回答的並不是人類：而是外星人和類人生物。有可能是賽提人，因為機器是他們製造的，而且他們就是一群聰明的邪惡貨色，是會想要爭奪星際霸權的傢伙。想當然，瀚星人一定是他們的共謀，那份所謂的命令就是一堆偽善的假話，聽起來很有瀚星人的風格。或許這些外星人打算用「世界聯盟」綁死地球政府，藉此削弱地球勢力，等到自己夠強大後便進行武裝接管。或許現在還很難猜出外星人的長遠目標，但是他們對新大溪地打的算盤倒是非常明顯。他們想讓綠皮幫他們消滅人類，於是先用一大堆虛假的「安射波」命令讓人類綁手綁腳，然後讓綠皮展開大屠殺。類人生物就會幫助類人生物：就像鼠輩會幫助鼠輩。

而鄧上校居然都忍下來了。他打算服從命令，也真的對戴維森這麼說過：「我打算遵從地球總部的命令。小瑭，看在老天的分上，你也要以同樣的態度服從我的命令。到了新爪哇之後，你務必聽從穆罕默德少校的命令。」老傢伙太笨了，但是他喜歡戴維森這個人，戴維森也喜歡他。不過，如果這意味著得背叛人類並迎合外星人的陰謀，他就不能服從上校的命令。他為這位老士兵感到遺憾。傻瓜一個，不過忠誠勇敢，不像那個自命清高又喜歡搬弄是非的里沃博夫，永遠有發不完的牢騷，天生的叛徒。如果真要說他希望有誰會落到綠皮手裡，一定就是那個外星情人大頭仔，拉吉．里沃博夫。

有些男人生來就是當叛徒的料——尤其是亞裔和印度裔——不是全部，但有些是。當然裡頭也有一些人是天生的救世主。有些人的本質天生如此，無從選擇；就像他自己擁有歐非血統與強健體格，但是從不認為那是自己努力的成果。

如果他能拯救新大溪地的男人和女人，他會去做，即使救不了，至少也曾努力過。事實上，這就是他現在唯一該做的事。

說到女人，這才教人火大。總部可憐兮兮地說，「現在還不安全」，便撤走了新爪哇本來有的十隻小野貓，但是又不讓新來的那些離開中央鎮，這情況對三座偏遠營地來說相當艱難。既限制不能對母綠皮下手，又把所有的母地球人留給中央鎮那些幸運的王八蛋，他們到底期望前線的弟兄們會有什麼反應？絕對會引起極大不滿。不過不會持續太久的，現在的情勢實在太過瘋狂，任何事都說不準。夏克頓號已經離開，如果上頭再不恢復理智的話，那麼瑭·戴維森上尉就必須做點什麼來讓一切回歸常態。

*

他離開中央島的那天早上，他們釋放了所有綠皮勞工。他們用混雜變形的皮欽語發表了一大篇高尚的演講，然後打開宿舍營區的大門讓每一隻馴化綠皮離開，搬運工、挖洞的、廚子、清潔工、男僕女傭，全都走了，沒有任何一隻留下來。其中幾隻自殖民地初始就跟著主人在這裡待了整整四個地球年，但是毫無忠誠心。就算是狗或猩猩都還會在附近徘徊呀。這些東西的腦袋根本沒那麼發達，只跟蛇或老鼠差不多，牠們的智力只夠在離開籠子後迅速反咬你一口。老傢伙瘋了，居然讓這些綠皮就地解散。應該要把牠們丟到垃圾島挨餓，那才是最好的解決辦法。可惜老鄧被那對類人生物和他們的對講機嚇慌了，還沒回神。要是中央島的野生綠皮打算仿效史密斯營地發生的暴行，現在就有了一大批好用的新兵。牠們對整座城鎮的格局分布、作息、武器位置、衛兵崗位和其他資訊瞭若指掌。如果中央鎮被燒成平地，總部只能感謝自己。事實上他們根本活該，因為他們讓自己上了叛徒的當，選擇聽信類人生物的謊言，卻對清楚綠皮本性的人提出的建議置之不理。

總部這些人根本不曉得回到營地卻只看到灰燼、殘骸和燒焦的屍體是什麼感覺，他經歷過。歐克的屍體倒在森林裡，就在牠們屠殺伐木小隊的地方，雙眼裡各有一支箭矢穿出，就像某隻詭異的昆蟲正伸出觸角感知空氣。天啊，那畫面始終在他腦海裡徘徊不去。

不管那份假冒的「命令」怎麼說，中央鎮的弟兄們無論如何都不會真的只用「小型隨身武器」來自我防衛。他們有火焰噴射器和機關槍，十六架小型直升機都搭載了機槍，拿來空投燃燒凝膠罐也非常好用，另外五架大型直升機則配有完整武裝。但其實用不到大傢伙，只要讓一架輕型機在砍除森林後的空地上方盤旋，引來一大批帶弓帶箭的綠皮，然後開始投擲燃燒凝膠罐，看著牠們著火四處逃竄就好。這樣應該就可以了。光是想像那畫面就令他胃裡掀起些許翻騰，就像他想到可以搞女人時一樣——或者，每當他回想起那隻綠皮山姆朝自己襲來，而他朝對方揮出四擊重拳，一拳接著一拳砸爛了那整張臉時，也會一樣激動。擁有全現記憶再加上超乎一般人的想像力就會像他這樣，這不是什麼成就，只是他剛好天生如此。

事實是，男人只有在搞完女人或殺死另一名男人時，才算是最真實、最完整的自己。這不是什麼獨到見解，而是他從某本古書裡看來的，不過的確是事實。這就是為什麼他喜歡想像那樣的場面。即使綠皮不算真正的人。

新爪哇是五塊大型陸地中最南端的一塊，就位於赤道北邊一點，氣候比舒適程度堪稱完美的中央島及史密斯島更加炎熱。不只熱，還極度潮溼。雨季時的新大溪地到處都會下雨，北方下的寧靜細雨雖然連綿不停，卻不會真的淋得人全身溼冷；新爪哇的雨則是成桶潑灑，還會形成季風型的風暴，在那種天氣下連走路都沒辦法，遑論工作。此時唯一能擋雨的就是一片堅固屋頂，或者森林。那該死的森林密實得足以擋下風暴。當然，你還是會被樹葉上滴下來的雨水淋溼，不過只要在季風來襲時進入森林深處，便幾乎感覺不到外頭正狂風大作；可是當你一離開樹林來到開闊空地，便會「砰！」一聲被風吹倒，全身淌滿土壤與雨水攪和成的紅色泥漿，根本來不及躲回森林。而森林裡又黑，又熱，還很容易迷路。

除此之外，指揮官穆罕默德少校還是個難搞的王八蛋。新爪哇的一切都按規定來：伐木區都是以一公里為單位的長條，砍完樹就種植那什麼垃圾纖維草；嚴格執行前往中央鎮放假的輪放制度，絕無任何差別待遇；迷幻藥採配給發放，若在值勤時使用便加以懲罰，說都說不完。不過穆罕默德有個優點，就是不會事事通報中央。新爪哇是他的營地，管理方式都由他決定，而他不喜歡總部的命令。穆罕默德還是會服從上層指示，一收到命令便讓綠皮離開，並把玩具小手槍以外的槍枝全部封存。但是他不會主動尋求指令或建議，無論對象是中央或其他人都一樣。他是自以為是的那種人：總覺得自己是對的。這也是他的一大缺點。

還在總部當老鄧參謀時，戴維森偶爾會看到軍官們的個人資料。他非比尋常的記憶力會抓緊這類資訊，例如他記得穆罕默德的智商是一百〇七，他自己則是一百一十八，兩人之間有著確確實實十一分的差距。想當然耳他不能對老穆說這種話，而老穆也沒有自覺，所以根本沒辦法讓他聽進任何建議。他覺得自己比戴維森更懂怎麼做事，不容許任何質疑。

事實上，戴維森剛來到新爪哇時，這裡的每個人都有點難搞。這裡完全沒人知道史密斯營地殘暴事件的來龍去脈，只知道營地指揮官在事發一小時前放假前往中央，因此也是唯一活著逃脫的人類。這種描述方式，聽起來的確很糟，所以你可以了解為什麼他們一開始會將他視為約拿，甚至是比約拿更糟糕的猶大[1]。不過當他們對他有所了解之後，態度便改善許多。他們開始覺得，戴維森絕非逃兵或叛徒，反而致力於防止新大溪地殖民地遭到背叛。他們也逐漸意識到，消滅綠皮是讓地球人在這顆星球上安全生活的唯一途徑。

1 約拿和猶大皆是聖經中的人物，前者的代表形象是厄運之人，後者則是叛徒。

要讓這個觀念在伐木工人間流傳並不難。他們本來就不喜歡那些綠色小老鼠，白天得載牠們去工作，晚上又得當牠們的警衛。現在他們開始了解綠皮不只討厭，還很危險。戴維森說出自己在史密斯營地看到的景象，解釋艦隊船上那兩名類人生物如何對總部洗腦，讓新爪哇弟兄們知道消滅新大溪地的地球人只是外星人巨大陰謀的冰山一角，他們真正的目標是攻占地球。他提醒他們那些殘酷的數字，「兩千五百名人類」對上「三百萬隻」綠皮——隨後他們便開始支持他。

就連這裡的生態控制官都贊同他。當初可憐的老基斯只因為弟兄射殺了紅鹿就火冒三丈，最後自己卻被鬼鬼祟祟的綠皮給射穿肚皮，但這個叫厄創達的小夥子和基斯不同——他恨透了綠皮。事實上，他可能有異星衝擊症候群，因此對綠皮有點神經質；他實在太害怕牠們會攻擊營地，整個人變得有點像某些女人老是害怕被強暴一樣。不管怎麼說，有個在地的技術仔肯挺自己還是非常有用。

試圖拉攏營地指揮官是沒有用的；戴維森眼光精準，幾乎一開始就知道那麼做只是徒勞。穆罕默德的想法頑固，同時也因為史密斯營地事件，對戴維森一直抱持著某種偏見。他甚至曾對戴維森說過，不會視他為值得信任的軍官。

就是個自以為的混帳。不過，他這麼嚴格管理新爪哇營地，對戴維森來說反而是個優勢。一個慣於服從命令的嚴謹組織，要比人人都有意見的鬆散團隊更容易被接管，等到戴維森拿下指揮權後，這批人在執行防禦與進攻時也會更有效率。他勢必得拿下指揮權。老穆是個很好的伐木場老闆，但不是打仗的料。

戴維森一直忙著拉攏最優秀的幾名伐木工人和初階軍官，讓他們能更挺他。他並不著急。老穆在康樂中心的地下室有間上鎖的房間，裡頭堆滿了開戰的玩具。當戴維森聚集了夠多值得信賴的對象後，他們一行十人便在某個星期天闖入房間裡偷走幾項玩具，跑進森林裡打算玩個過癮。

戴維森在幾個星期前就找到了一座綠皮小鎮，但是決定把樂趣留給手下的弟兄們。他大可以單槍匹馬解決，不過現在這樣比較好，感受得到同袍情義以及男人之間的真正連結。他們在大白天直接走進那個地方，把在地面上抓到的綠皮全都裹上燃燒凝膠並點燃，然後在兔子洞屋頂上傾倒煤油，將剩下的也都燒了。那些試圖逃出屋外的綠皮全都受到了凝膠伺候；這是最具詩意的部分，在老鼠穴洞口等著小老鼠出來，讓牠們先是以為逃過一劫，接著便從雙腳向上燃起火焰，整隻變成火把。綠色毛皮瘋狂地嘶嘶作響。

攻擊綠皮其實不比獵捕真正的老鼠更令人興奮——牠們是地球母星上唯一僅存的野生動物——不過確實更加驚險。綠皮的體型比老鼠大多了，而且雖然這次沒遇到，不過你知道牠們會反擊。事實上，某些綠皮甚至沒有逃跑，而是直接躺下並且閉上雙眼，實在有夠噁心。其他弟兄也感到作嘔，其中一名手下在燒死一隻躺在地上的綠皮後還真的吐了出來。

雖然一直沒有好好發洩的機會，但他們沒有留下任何一隻活的母綠皮以供強姦。事先討論時，所有人都認同戴維森：強暴綠皮太過變態了。搞同性戀正常多了，至少還是和人類。這些東西或許長得很像女人，實際上根本不是人，最好還是別把自己弄髒，從殺牠們去找樂子就好。他們覺得很有道理，全都同意了。

回到營地後，他們都閉緊了嘴巴，甚至忍著不對其他兄弟炫耀。全都是些可靠的傢伙。這趟狩獵沒有任何一絲消息進到穆罕默德耳裡。在老穆看來，他手下這些人都乖巧懂事只會鋸木頭，離綠皮遠遠的，只會說「是的，長官」。在開戰日來臨之前，就讓他繼續這麼相信吧。

綠皮們一定會展開攻擊。牠們會攻擊某個地方，也許是這裡，也許是國王島的其中一座營地，或者是中央鎮。戴維森知道一定會發生。他是整個殖民地裡唯一看出這一點的軍官。沒什麼厲害的，他知道自己是對的，如此而已。除了來到這裡之後才有時間說服的那幾個人外，整個殖民地沒有任何人相信他。不過他們將會見證到的，遲早的事，所有人都會知道他是對的。

而他也的確說對了。

五

見到賽伏，讓里沃博夫震驚不已。從那座山腳丘陵地的村莊飛回中央鎮途中，里沃博夫試著分析自己驚嚇的原因，想要搞懂是哪條神經為了什麼事情被如此挑動。畢竟，通常很少有人會能與好友見面而害怕。

要讓女族長願意提出邀請並不容易。整個夏季，他幾乎都在藤塔爾進行研究，在當地找到好幾位優秀的語言學觀察對象，也與會所及女族長打好了關係，以便能自由地觀察和參與社群生活。他透過幾名還待在該處的前苦役，想辦法說服她正式邀請他，雖然費了很長時間，不過她最終應允，給了他一個符合新命令所謂「由愛斯熙人安排的場合」。之所以堅持這點是出於他自己的良心，而不是因為上校的要求。鄧上校擔心綠皮可能造成的威脅，因此希望里沃博夫去打探他們的情況，「看看現在我們完全不管他們之後，他們是什麼反應」。鄧上校希望能聽到消除心中疑慮的消息。不過里沃博夫不確定自己將提出的報告是否能讓他安心。

以中央鎮為中心，半徑十英里內的平原森林都已被砍伐，樹樁早已腐朽，現在成了一大片單調扁平的纖維草原，在雨中彷彿灰色絨毛。那些多毛的葉子下方則是初生的灌木幼苗——漆樹、矮白楊和鼠尾草屬植物——等灌木長成之後便能保護喬木的幼苗。依照此地降雨平穩豐沛的氣候，只要不去干擾，這個區域應該能在三十年內重新長出樹林，並在一百年內重新達到森林的巔峰狀態。只要不去干擾。

霎時間，森林再次出現，不過這並非未來的可能願景，而是現在眼前的景象：在直升機下方，北索諾緩和起伏的山丘地上覆蓋了無數種類的不同綠葉。

里沃博夫和地球上大多數地球人一樣，這輩子從來沒走在野生林中，也沒看過範圍比單一城市街區更大的樹林。最初踏入愛斯熙的森林時，他感到一陣壓迫與不自在；森林是一片永恆灰綠或棕褐的暮色，無窮無盡擁擠雜亂的樹幹、樹枝、樹葉，令他窒息。各種生物在此龐雜混亂地朝著光的方向彼此競爭，往外、往上推擠膨脹，眾多毫無意義的細小噪音組合成了寂靜，植物對心智的存在永遠態度漠然——這一切都深深困擾著他，於是他便和其他人一樣，總待在空地或海灘上。不過漸漸地，他也開始喜歡上森林。戈斯總會開玩笑叫他長臂猿先生，因為里沃博夫有著一張深色圓臉配上細長手臂和少年白髮，長得確實有點像長臂猿；但是長臂猿早絕種了。無論喜不喜歡，身為高等智慧生物學家的他都必須進入森林尋找高等智慧生物，而在四年之後，現在的他已經完全適應待在森林裡，或許比待在其他任何地方還要自在。

他也逐漸喜歡上愛斯熙人為土地和地方取的名字，都是鏗鏘響亮的雙音節名稱[1]：索諾、藤塔爾、埃薛司、埃許森——也就是現在的中央鎮——恩德托、艾比恬，以及最重要的愛斯熙，這個字的意思是「森林」以及「世界」。「地球」和「塔拉」這兩個字也都包含了兩種意思，同時代表泥土和星球。不過對愛斯熙人來說，土壤、土地或大地既不是死者回歸之處，也不是活者賴以為生的地方：他們世界的本質不是泥土，而是森林。塔拉人是泥土，是紅色的沙塵；愛斯熙人則是樹枝與根。愛斯熙人只會用木頭刻自己的雕像，不用石塊。

他將直升機停在小鎮北邊一小塊林間空地，徒步走入森林，從女人會所前走過。愛斯熙人居住地的強烈氣味瀰漫在空中，柴煙、死魚、香草、外星人的汗水；如果地球人有辦法塞進愛斯熙人地下住家的話，則會聞到二氧化碳與惡臭的稀有混合物。里沃博夫曾經在藤塔爾的男人會所裡度過許多時光，他彎著身體在

---

1 為保留愛斯熙地名的完整發音，故事中出現的中文譯名並未遵守雙音節的取名規則。

氣味難聞的陰暗空間裡幾乎無法呼吸，不斷接受新知識的刺激。不過看來這次他不會被邀請進屋了。

鎮民們當然都知道史密斯營地大屠殺，那已經是六個星期前的事。他們當初應該很快就得知了。愛斯熙人雖然不像伐木工人們一廂情願相信的那樣擁有「神祕的心電感應能力」，不過訊息在島嶼之間確實傳遞很快。鎮民們也知道在史密斯營地屠殺事件後，中央鎮便立刻釋放了一千兩百名奴隸。關於這點，里沃博夫同意上校的看法，原住民們可能會將第二件事視為第一件事的結果，因而形成鄧上校所說的「錯誤印象」，不過這並不重要。真正重要的是，奴隸都已重獲自由。已犯下的錯誤無法改變，但至少沒再繼續發生。他們都可以重新來過：原住民不用再疑惑為什麼「任類」待人如牲畜，也不會得不到答案而痛苦，而他不必背負解釋的重擔，也不再受無法改正的愧疚啃咬。

愛斯熙人認為，面對可怕或棘手的事，務必態度坦率、直接討論。里沃博夫知道他們有多重視這一點，因此預期藤塔爾的居民會直接和他談及往事，也許得意，也許內疚，或者欣喜，或者困惑。但沒有。幾乎沒有人對他說任何話。

他抵達藤塔爾時已近傍晚，那感覺就像在天剛亮時抵達地球的城市。殖民者往往會忽視觀察便能得知的事實——愛斯熙人的確會睡覺，不過他們活動力的低點介於正午至下午四點之間，而地球人的低點則通常介於凌晨兩點至五點，且愛斯熙人的生理時鐘呈現雙峰週期，體溫與活動力的兩次高峰分別在日出與黃昏。大部分成人在二十四小時內會睡五或六小時，並分散為多次小睡，熟練做夢技藝的男性甚至只需要兩小時的睡眠。因此，若將他們小睡與做夢階段視為「只是懶惰」，那或許能說他們永遠不需睡覺，畢竟這麼說要比花心力了解他們真正的作息簡單多了。而此刻的藤塔爾在經歷白晝最後的低迷後，才剛要重新復甦。

里沃博夫注意到鎮上多了許多陌生人，全都盯著他看，但無人靠近，他們僅是在薄暮時分的巨大橡樹林中自其他路徑上錯身而過的存在。最後，終於有他認識的人自他的路徑上走來。那是女族長的表妹雪耳，是個無足輕重且不識要事的年老婦人。她禮貌地向他打招呼，但是當他問及女族長和他最好的兩名觀察對象——樹園管理人厄佳斯和夢者圖巴——人在哪裡時，雪耳既未回答且說詞模糊。噢，女族長很忙，厄佳斯是誰呀，你是說葛邦嗎，圖巴可能在這裡，也可能是之前來過，也可能是我記錯了。她緊黏著里沃博夫，除此之外沒有人和他攀談。這位身形矮小的綠色老太婆腳步蹣跚、抱怨不斷。她跟著他一路穿過藤塔爾的樹林與林間空地，來到男人會所前。「他們裡面有事在忙。」雪耳說。

「是在做夢嗎？」

「我應該知道嗎？來吧，里沃博夫，我們去……」她知道他一直想參觀城鎮，不過一時想不出該用什麼東西將他引開。「……去看漁網。」她軟弱無力地說道。

有個年輕獵人女孩從旁走過，抬頭看著里沃博夫：她一臉憤怒，瞪視中充滿敵意。除了小小孩會因為他的身高和無毛臉龐而被嚇得怒目以對之外，從沒有任何愛斯熙人對他露出這樣的表情。而這個女孩並沒有被嚇到的樣子。

「好吧。」他對雪耳說。他感覺自己唯一的選擇便是順從。如果愛斯熙人真的——終於且突然地——形成了集體的敵意，他也必須接受，並試著讓他們了解自己從未改變，仍是值得仰賴的盟友。

但是都這麼久了，他們的感受和想法可能變化得如此迅速嗎？原因何在？在史密斯營地，愛斯熙人受到直接且難以容忍的挑釁：是戴維森的殘忍迫使他們採取暴行。但是藤塔爾這座小鎮從沒被地球人攻擊過，這裡的人民從沒被強徵為奴，也沒看過附近的森林被砍伐或燒毀。這些里沃博夫自己都看過——就算是人類學家，有時也難免會在他所描繪的景象中留下自己的影子——可是過去兩個多月都平安無事。藤塔爾的居民先前只是聽聞了史密斯營地的消息，而現在，那些難民與曾經為奴的愛斯熙人就住在他們之中，這些人受過地球人折磨，也願意談論那些經驗。可是，迴避攻擊行為的根基在他們身上扎得如此之深，不僅深入他們的文化、社會，直至他們稱為「夢境時間」的潛意識中，甚至可能滲透進他們的生理運作——光是新聞與傳聞，就能讓聽者的心態產生這麼劇烈的變化嗎？殘忍的暴行的確可能激怒愛斯熙人，致使他們企圖殺人，這一點里沃博夫非常清楚：他曾經看過——就那麼一次。因此他必須相信，即使是未受侵擾的社區，面對無法容忍的類似傷害時，也可能會有同樣的激烈反應：史密斯營地事件便是這種情況。不過他沒辦法相信的是，一座安定的愛斯熙社區真的有可能如此憤怒——無論那些討論或謠言有多麼駭人、多麼可憎——以至於完全違背自身風俗及理智，徹底改變原有的生活方式。這在心理學上是不大可能發生的事。他似乎還漏了一些要素。

就在里沃博夫經過會所前時，正好看見老圖巴從裡頭出來，而老人身後就跟著賽伏。

賽伏爬出隧道狀的門口，站直了身體，對著霧雨灰濛、枝葉遮掩下的日光眨了眨眼睛，抬起深色雙眸迎向里沃博夫的目光。兩個人都沒說話。里沃博夫完全嚇壞了。

在回程的直升機上，他試圖分析自己的情緒，來撫平驚嚇後的焦躁。他想著，我為什麼害怕呢？為什麼我會害怕賽伏？是因為無法證明的直覺，或者僅是錯誤的類比？無論哪種情況，這都不是理性的反應。

賽伏和里沃博夫之間沒有任何改變。賽伏在史密斯營地的行為有其正當理由，即使沒有，也不會影響他們的關係。這份友誼太深厚了，就連道德上的疑慮都無法撼動。他們曾在研究工作上努力合作，教導對方自己的語言，而那些又比單純的文字意義更深。他們毫無保留地與彼此對談。里沃博夫曾有幸救過這位朋友一命，他為這一點感到感激，而這種感激之情更加深了他對賽伏的愛。

的確，直到這一刻前，他幾乎沒意識到自己有多喜愛賽伏，對他有多忠誠。難道他的恐懼其實源於個人的擔憂，害怕學會種族仇恨後的賽伏，可能會鄙視他的忠心而頭也不回離去，不再視他為「你」，而當作「他們之一」嗎？

在漫長對視之後，賽伏緩慢上前，伸出雙手和里沃博夫打招呼。

觸摸是森民的重要溝通方式。對地球人來說，觸摸大多代表著威脅與侵犯，因此在正式握手與性慾愛撫之間再無其他表達方式，不過愛斯熙人以許多不同的碰觸填補了這段空白。對他們來說，疼愛的撫摸是不可或缺的信號與安撫，重要程度有如母親撫摸孩子或者情人愛撫情人，不過意義富含社會性，不僅僅與母性或性愛有關。這是他們語言的一部分，有其典範及規則，同時又有無限的調節可能。有些殖民者會嘲諷愛斯熙人「隨時都在摸來摸去」，因為他們無法從這些碰觸交流之中看見自己性慾以外的任何東西，於是全部的注意力被迫集中在性之上，進而壓抑、挫敗、侵入、毒害每一種愉悅和每一種人性的回應：盲目而鬼祟的邱比特戰勝了維納斯，戰勝了孕育所有海洋與星辰、所有樹葉以及人類姿態的偉大憂慮母親……

因為如此，賽伏伸著雙手向前走來，以地球人的方式和里沃博夫握手，然後拉住他兩臂，輕輕撫摸他手肘上方一點的位置。賽伏的身高不及里沃博夫的一半，這讓兩人間的所有手勢都顯得困難而笨拙，不過那雙長有綠毛的細小手掌觸摸里沃博夫雙臂時，完全不帶任何猶疑或孩子氣的動作，而是充滿撫慰。里沃博夫為此非常高興。

「賽伏，很幸運能在這裡遇見你。我非常想和你談談——」

「里沃博夫，我現在沒辦法。」

他的話語輕柔，不過一聽見他的話，里沃博夫心中所抱持兩人友誼不變的希望便消散了。賽伏變了，而且幅度劇烈：自根源產生了改變。

「賽伏。」里沃博夫堅持說道。「我可以改天來和你談談嗎？這對我來說很重要——」

「我今天就會離開這裡。」賽伏的話語更加柔和，不過放開了里沃博夫的手臂，別開視線。他以實際舉動表示不願再有接觸，並禮貌地要求里沃博夫也離去，好結束這場對話。但若如此，里沃博夫就沒有人可以說話了。老圖巴連看都沒看他一眼，整座城鎮置他不理。而這是賽伏，他們曾是朋友。

「賽伏，你可能覺得凱玟代瓦的攻擊事件會阻礙我們的關係，其實沒有，那件事或許讓我們的關係變得更緊密了。還有，你那些被關在奴隸圈欄裡的族人都自由了，所以現在已經沒有其他不愉快橫梗在我們之間。不過，人生總會有些不愉快——就算還有其他事情，也沒有關係，我……我還是本來的那個人，賽伏，我沒有改變。」

起先愛斯熙人沒有回應。那張奇怪的臉——雙眼大而深邃，鮮明的五官因為傷疤而變形，而癒合後長出的短絨毛又遮掩了那些傷痕，同時也模糊了整張臉的輪廓——他別開了里沃博夫的視線，固執地閉口不語，接著又像違背自己意願似的突然轉過頭來：「里沃博夫，你不該出現這裡。我建議你在兩個晚上之後離開中央鎮。我不知道你到底是什麼，要是我從來不認識你就好了。」

說完他便離開了，腳步輕盈彷彿一隻長腿的貓，綠色身影在藤塔爾陰暗的橡木林中忽隱忽現。圖巴緩慢地跟了上去，還是不看里沃博夫任何一眼。細雨無聲落在橡樹葉間，落在通往會所與河邊的狹窄路徑上。這是唯有刻意聆聽才能聽見的樂聲，繁複超乎人的心智所能理解，是在整座森林中演奏的無止盡單一和弦。

「賽伏是神。」老雪耳說。「現在我們去看漁網吧。」

里沃博夫拒絕了。繼續留在這裡不僅無禮，也不明智，再說他也無心留下。

他試圖告訴自己，賽伏排拒的不是里沃博夫這個人，而是他塔拉人的身分。

但其實兩者沒有差別，從來都是一樣的。

他時常震驚地發現自己有多脆弱，又因為如此心痛而深受打擊。這種青少年似的敏感情緒實在可恥，現在的他應該要懂得堅強掩飾才是。

他向雪耳告別。小老太婆放鬆似的嘆了口氣，沾滿沙塵的綠色毛皮被雨滴鍍上了一層銀。當他發動直升機時，她瘸著腳使盡全力跳進樹林中，彷彿一隻逃過蛇口的小蟾蜍，那模樣令他實在忍不住一笑。

質地很重要，不過大小也是：也就是相對體型。對於體型嬌小自己許多的人，正常成人可能會表現出傲慢、加以保護、居高臨下、溫柔親切或者欺侮，但無論是哪一種反應，都比較適合用來對待小孩，而非另一名成人。而當人類面對的這位孩童體型的人全身毛絨絨時，便會進一步引發里沃博夫所謂的「泰迪熊反應」。又由於愛斯熙人經常撫撫抱抱，所以這些舉動並無不妥，但是背後的動機卻仍然令人類感到質疑。最終，人們會無可避免地出現「怪胎反應」，因為認不得本為人性的舉動而感到畏縮。

不過，有一件事倒是超出這些反應之外：愛斯熙人有時就像地球人一樣，外表非常逗趣。有的愛斯熙人就像隻小蟾蜍、小貓頭鷹或者小毛毛蟲，說起來，雪耳並不是第一個背影惹得里沃博夫發笑的矮小老太太……

而這就是殖民地的問題之一，他一邊想著，一邊將直升機升空，藤塔爾消失在橡樹以及光禿禿的樹園下方。我們沒有任何年長的女性。事實上也沒有年長的男性，只有鄧上校，而他不過將滿六十而已。上了年紀的女人和其他人不一樣，她們想到什麼便說什麼。以愛斯熙人的認知來說，他們的確有政府，統治愛斯熙人的就是年長的女人們。智慧歸於男人，政治歸於女人，兩者的互動便是道德，這就是他們的制度。這種制度有其魅力，也確實有效——對他們而言有效。他多希望殖民管理局在派出適婚、適合生育、胸部堅挺的年輕女子的同時，也能順便送幾位老太太過來。幾天前和我過夜的那個女孩，的確是個非常好的人，心地善良，上了床也一樣厲害，但是我的天啊，還要再等四十年後她才會對男人坦誠表達任何意見……

在這些關於年長與年輕女性的思緒之下，震驚的情緒始終揮之不去，彷彿一陣拒絕被辨認的直覺或認知。

他必須在向總部報告前想通這一點。

那麼賽伏呢？這個人又是怎麼回事？

對里沃博夫來說，賽伏當然是個關鍵人物。但是為什麼？是因為他非常了解賽伏，還是因為對方性格中帶有某種里沃博夫從未欣賞——至少不曾有意讚賞——的實際力量？

但他確實賞識那種能力。里沃博夫很早便看出賽伏的與眾不同，那時他還是「山姆」，是同一間組合屋裡三名軍官共用的貼身僕人。里沃博夫還記得班森吹噓他們得到一隻多厲害的綠皮，說他們把牠訓練得很好。

許多愛斯熙人無法改變多循環的睡眠習慣去適應地球人的作息，尤其是會所裡的夢者。如果他們在本來正常的晚上時間睡飽了，就會妨礙他們進入快速動眼期或逆理睡眠；後兩者以一百二十分鐘為循環同時統治著他們的晝夜作息，根本無法適應地球人在白天工作的習慣。一旦學會如何在清醒時做夢，便學會如何保持自己的精神健全，不再只站在理性的刀口上戰戰兢兢，而能在理性與夢境的雙邊支持下取得更精緻的平衡。一旦學會這點便不可能忘記，就像你不可能忘記怎麼思考一樣。所以當初有很多男性愛斯熙人變得昏沉、混亂、沉默寡言，甚至患上僵直型思覺失調，女人則變得迷惘而自卑，有如剛被奴役時那樣鬱悶倦怠。最能適應的，是不熟練做夢技藝的男性、一些比較年輕的夢者，他們適應了改變，於是成為伐木營地裡努力工作的工人或者聰慧的僕人。山姆就是這種類型，他是三名主人的貼身男僕、廚子、洗衣工、管家、刷背小弟以及代罪羔羊，效率高超且毫無個性。他學會了如何隱身。里沃博夫借了他去當民族學的觀察對象。兩人在想法與本性上的某種相似，讓他立刻贏得了山姆的信任。他發現山姆是理想的資訊來源，他受過傳統習俗的訓練，對其意涵的觀察敏銳，且能迅速轉譯資訊讓里沃博夫能夠理解，填補了兩種語言、兩種文化以及兩種人類種族之間的鴻溝。

在那之前兩年，里沃博夫不斷旅行、研究、訪問、觀察，但仍找不到進入愛斯熙人內心的鑰匙，甚至不確定鎖在哪裡。他研究了愛斯熙人的睡眠習慣，卻發現他們似乎沒有任何睡眠模式；他在無數顆毛絨絨的綠色頭骨上黏貼了無數次電極，腦電圖所呈現的波形如此熟悉，紡錘狀、閃電狀，α波、δ波、θ波，但他完全無法理解。最後，是賽伏讓他了解愛斯熙語中「夢」這個字的重要性——這個字同時也是「根」——並將森民國度的鑰匙交到他手中。也是直到賽伏成為腦電圖受試者，里沃博夫才第一次理解大腦進入既非睡眠也非清醒的夢境狀態所呈現的奇特脈衝波形。那種狀態之於地球人睡眠時的夢境階段，就猶如帕德嫩神殿之於泥巴小屋：雖有同樣本質，不過複雜度、品質與控制能力都更為高超。

所以呢？還有什麼嗎？

賽伏本來大可逃離中央鎮，卻還是留了下來。本來是男僕的他後來（透過里沃博夫身為技術軍官為數不多的特權）成了研究助理，不過每晚仍得和其他綠皮一起被關在圈欄裡（所謂的「本土志工隊住宿區」）。「我可以帶你飛到藤塔爾，和你一起在那裡工作。」第三次和賽伏對談時，里沃博夫這麼說。「看在老天的分上，為什麼你還要繼續待在這裡？」對此賽伏回答：「我的太太熙歐被關在圈欄裡。」里沃博夫試著放她出來，但她是總部的廚工，而管理廚房團隊的士官們極為厭惡來自「大頭」和「技術仔」的任何干涉。里沃博夫必須非常謹慎，以免他們將怒氣出在那個女人身上，而她和賽伏似乎都願意耐心等待兩人能夠一起逃跑或獲釋的機會。圈欄中的男女綠皮被嚴格隔離——為什麼呢，沒有人知道——因此夫妻幾乎見不到彼此。里沃博夫住的獨立小平房位在中央鎮最北端，他會設法讓兩人偶爾在此會面。某天，戴維森遇見了會面結束後返回總部的熙歐，顯然被她脆弱、受驚的魅力所震懾，當天晚上便將她帶回自己的住處，強暴了她。

或許是他在過程中殺死了她——這類事件之前也發生過，體型差異造成一方死亡——也或者是她決定不活了。和某些地球人一樣，愛斯熙人知道如何辨別真正的求死心願，且能夠終止自己的生命；無論是何種情況，害死她的都是戴維森。這類命案有過前例，不過賽伏在她死亡隔天的行為卻是前所未見。

里沃博夫趕到現場時衝突已將結束。他現在還能聽見那些聲音，記得自己在主街炙熱陽光下奔跑，記得沙塵與群聚的人們。整場衝突可能只維持了五分鐘，但以死亡鬥毆來說已經很長了。里沃博夫抵達時，滿臉是血的賽伏已經睜不開眼睛，幾乎是戴維森能輕易逗弄的玩具，但是他卻不斷起身、重新進攻，不是出於狂暴的怒意，而是理智的絕望。他就是不斷反擊，最後反而是戴維森被這種可怕的執念嚇出了怒氣，一記側擊將賽伏打倒在地，並走上前抬起腳，想以靴底踩碎賽伏的頭骨。他一踏出去，里沃博夫便衝進了人群中。里沃博夫阻止了打鬥（無論圍觀的那十或十二個男人原先有多麼嗜血，此刻他們都已經得償所願，並在里沃博夫要戴維森住手時給予支持），從那之後他便很厭惡戴維森，也被戴維森憎恨，因為他介入了殺人者及其死亡之間。

因為，如果我們其他所有人全都死於自殺，那麼殺人者殺死的則是自己；問題在於他必須一遍、又一遍、再一遍地重複。

里沃博夫抱起賽伏，手臂中的他重量很輕。那張傷殘的臉緊貼著他的襯衫，布料被血浸透，黏著他的皮膚。他將賽伏帶回自己的小平房，以夾板固定他斷掉的手腕，盡可能治療他的臉，並讓他躺在自己床上，夜復一夜試著和他說話，試著接近因為悲傷和恥辱而陷入孤寂中的賽伏。當然，這麼做違反了規定。

沒有人向他提起這些規定，他們也不必說，他知道自己正在失去殖民地軍官過往欠他的大部分人情。

之前的他始終小心翼翼附和著總部，只在他們極其殘忍地對待原住民時出聲反對，他試著說服他們，而不是挑戰，盡可能保留自己所有的一絲權力與影響力。他沒辦法防止愛斯熙人遭到剝削。過往的訓練讓他有了心理準備，可是實際情況比預期中更糟，此時此刻的他無力改變。他交給殖民管理部以及人權委員會的報告——在五十四年的一往一返之後——或許能有點用處，塔拉甚或可能認為，在愛斯熙星執行開放殖民地政策是個嚴重錯誤。遲到五十四年總比不到好。要是他失去了此地上級的容忍，他們可能會審查他的報告或者使其作廢，到時就連一點希望也沒有了。

但是現在的他已經太過憤怒，無法繼續維持這項策略。他只是在照顧自己的朋友，如果其他人堅持要將此視為對地球母星的侮辱、對殖民地的背叛，那他們都去死吧；要是他真的被貼上「綠皮情人」的標籤，他能為愛斯熙人做的事就會因而減少，然而他無法將可能對大眾有益的行為，置於賽伏迫切的需求之上。你無法靠著出賣朋友來拯救眾人。賽伏所造成的輕傷以及里沃博夫的介入，古怪地燃起了戴維森的怒火，他到處嚷嚷自己打算收了那隻造反的綠皮；要是被他逮到機會，他絕對會這麼做。里沃博夫日夜陪伴賽伏兩週，然後帶著他飛離中央鎮，將他放在西海岸一座名為布羅特的城鎮。賽伏在那裡有親戚。

幫助奴隸逃跑並無罰則，畢竟愛斯熙人根本不是奴隸，而是本土住民志工，里沃博夫甚至沒有受到訓斥。可是從那時起，正規軍官對他便完全失去信任，不再只是略帶戒心。連專職技術部隊的同事們——那些太空生物學家、農林業協調師、生態學家——也會以各種方式表達他的行為多不理性、不切實際或愚蠢。

「你以為自己是來這裡郊遊玩耍的嗎？」戈斯激動地問他。

「沒有，我從不覺得在這裡的生活會如此。」里沃博夫陰沉地回答。

「我不懂為什麼會有高等智慧生物學家甘願受限在一座開放殖民地上。你明明知道你在研究的這群人註定會受到壓制，甚至可能被完全消滅。事情本來就會這樣發展，這是人類的天性。你早就知道你沒辦法改變的，那又為什麼要來這裡，眼睜睜看著這一切發生呢？你就這麼喜歡受盡折磨嗎？」

「我不知道你說的『人類天性』是什麼。也許為我們消滅的事物留下一些見證，也是人類本性的一部分——難道這一切對生態學家來說就會比較愉快嗎？」

戈斯無視他的話。「好吧，去留下你的見證吧，但記得不要寫什麼大屠殺。

研究老鼠聚落的生物學家不會介入拯救受到攻擊的寵物鼠，你應該懂吧？」

里沃博夫無法再忍耐，聽見這些話便炸開了。「對，當然不會。你也許能把老鼠當寵物，卻沒辦法跟老鼠當朋友。可是賽伏是我的朋友。事實上，他是我在這顆星球上唯一視為朋友的人。」這句話傷到了戈斯，他一直希望在里沃博夫心中樹立如父親般的形象。這些話對誰都沒好處，卻都是事實，而真實使你自由……我喜歡賽伏，也尊敬他這個人，我救過他、和他一同受苦，也懼怕他。賽伏是我的朋友。

賽伏是神。

「賽伏是沙阿卜。」那個綠色小老太婆如此說道，彷彿那是大家都知道的事，語氣就像在說誰或誰是獵人一樣平淡。可是「沙阿卜」是什麼意思？愛斯熙人日常使用的是女人語言，其中許多單字來自男人語言，因此在所有群落中都是互通的。這些字通常不僅是雙音節字詞，更具有兩種意涵，就像硬幣的兩面，一正一反。**沙阿卜**的意思是神、令人敬畏的神祕實體，或者強大的存在；除此之外還有個非常不同的意思，可是里沃博夫想不起來了。思考至此，他已經回到自己的家中，只要查一下字典就能找到字義。他和賽伏花了四個月編纂這本字典，過程艱辛但是和諧。當然了：**沙阿卜**，翻譯者。

的確非常恰當、極為貼切。

這兩種意思彼此相關嗎？通常是有的，但並未頻繁到需要構成規則。如果神是翻譯者，那麼他翻譯了什麼？賽伏確實是頗具天賦的通譯，不過這項天賦唯有在一門完全陌生的外語偶然出現在他世界裡才能展現。所以沙阿卜是將夢與哲學的語言——男人語言——翻譯成日常語言的人嗎？可是所有夢者都做得到這一點。那也許他是能將夢境經驗轉化至清醒生活的人：愛斯熙人認為夢境時間和世界時間是相對等的現實，也許沙阿卜就是這兩種現實之間的連結，雖然重要卻又模糊晦澀。沙阿卜是聯繫的紐帶，是能夠大聲說出潛意識感知的人。而要「說出」

那種語言，便要透過行動。他得做出一件新的事，從根源造成徹底的劇烈改變，或者被改變。而愛斯熙人的根就是夢。

翻譯者就是神。賽伏為他族人的語言帶入了一個新字，做出了一項新的行為，這個字和行為，就是殺人。「死亡」是如此重大的新事物，只有神能帶領他跨越兩個世界之間的橋梁。

但他是從何處學到殺害人類同胞的呢？是從他自己的憤怒與喪親之夢，還是從陌生人身上學到這種他從未夢過的行為？他現在說的是自己的語言，還是戴維森上尉的語言？這種語言看似發源於他自身的痛苦、表達了他個人的改變，實際上卻可能是種傳染病。這場外來的瘟疫不會帶領他的種族成為更新的人，而是會摧毀他們。

思考「我能怎麼做？」並非拉吉・里沃博夫的天性。由於本性與過往訓練使然，他傾向不介入其他人的事務。他的工作是了解他們做了什麼，並放任他們繼續那麼做。他偏好受人啟發而非施以開導，偏好尋求事實而非真理。不過，除非要假裝自己沒有感情，否則就算是最沒有倡議精神的靈魂，有時也得面對作為與不作為的抉擇。「他們在做什麼？」突然間成了「我們在做什麼？」隨後便是「我必須做什麼？」

他知道自己現在便站在這樣的抉擇點，但卻不確定為什麼，也不曉得有哪些其他的選擇。

此刻的他已無法提高愛斯熙人的生存機會，勒潘能、歐爾以及安射波三者帶來的改變，已經超出他此生所能達成的極限。塔拉殖民管理部在每一次安射波通訊中下達的命令都非常明確，儘管部分參謀和伐木隊負責人施壓，要求鄧上校無視命令，他倒是確實執行了那些指令。鄧上校是個忠誠的軍官，且夏克頓號終究會回來觀察並通報命令的執行情況。現在有了安射波，通報母星這件事便有了意義，這臺由天而降的神之機器，能讓殖民地不再落入以往過於舒適的自治狀態，使得人類在有生之年都得為自己的行為負責。他們已經沒有五十四年的犯錯空間，政策也不再停滯不變。世界聯盟可能在一夜之間決定將殖民區域限制在某一塊陸地，或者禁止伐木，或者鼓勵他們殺害原住民——一切都說不準。他們還無法從殖民管理部的扁平指令中猜出聯盟的運作情況，又或是聯盟正在醞釀怎樣的政策，未來因而有各種可能，鄧上校為此憂慮，里沃博夫倒是很享受。有多樣性就有生命，有生命就有希望，這是他個人信條的概括總結，無可否認相當節制。

現在的殖民者與愛斯熙人各不打擾，局勢安穩，沒有誰受到不必要的干擾。唯一可能生變的只有恐懼。

愛斯熙人此刻可能多疑，憤恨依舊，但並不特別害怕，也沒有其他事件會讓中央鎮再次上演聽聞史密斯營地大屠殺時的恐慌情緒。事發過後，各地的愛斯熙人都未表現出任何暴行，而在奴隸獲釋之後，綠皮們全都消失在各自的森林之中，殖民地的人們也不再持續受到仇外情緒刺激，因而終於開始放鬆下來。

里沃博夫如果通報自己曾在藤塔爾見過賽伏，便會驚動到上校和其他人。他們可能會堅持捉捕賽伏，對其進行審判。殖民法規禁止以一個星球的法律起訴不同星球社會的成員，但是軍事法庭凌駕這類限制。他們可能會把戴維森從新爪哇召回作證，審判賽伏，定罪並槍決。噢不，里沃博夫一邊想著，一邊將字典塞回擁擠的書架上。太糟糕了，他想，然後念頭便停了下來。他在自己沒有意識到的時候便已做出選擇。

他在第二天交了一份簡短的報告。報告中表示藤塔爾一切如常，他並未被拒於門外，也未遭到威脅。那是份施以安慰的報告，也是里沃博夫所寫過最不準確的一份。報告中省略了所有重要關鍵：女族長避不見面、圖巴拒絕與里沃博夫打招呼、城鎮裡出現大量陌生住民、年輕女獵人的表情、賽伏的存在……最後這點當然是故意遺漏，不過除了這些之外，報告內容倒是相當切實，他這麼想；他不過是遵從科學家的本分，省略了自己的主觀感受。他的偏頭痛在寫報告時就已相當嚴重，交了報告後更加惡化。

當晚他做了許多夢，早上時卻完全不記得夢境。他在造訪藤塔爾後的隔天深夜裡醒來，終於在歇斯底里的警報聲和爆炸的轟鳴中面對自己一直逃避的事。他是中央鎮裡唯一未感驚訝的人。這一刻，他知道了自己的身分：一個叛徒。

但即便到了這個時候，他心中仍然無法確定這是由愛斯熙人發動的襲擊。那是一場夜間恐怖行動。

他的小平房被略過，依然矗立在自家院子裡，離其他房子遠遠的，也許是受到了周圍的樹林保護，他一邊想一邊匆匆跑了出去。鎮中心已陷入火海，就連構成總部的石塊都從內部燃燒起來，彷彿破了洞的窯。安射波就在那裡面，那珍貴的連結。直升機棚和起降場的方向也有火光。他們從哪裡拿到炸藥？為什麼每個地方都在同一時間起火？主街兩旁的建築都是木造的，全都熊熊燃燒，發出可怕聲響。里沃博夫朝火場跑去。水淹沒了道路，他起先以為是消防水帶噴的，接著便意識到是從門嫩河接來的主管線正毫無用處地淹沒一地，而周圍的房舍便在駭人聽聞的抽水聲中遭到燒毀。他們是怎麼辦到的？這裡應該有衛兵，起降場上永遠都有開著吉普車的衛兵……槍聲：有一門機關槍正滴滴答答掃射。里沃博夫周圍盡是奔跑的矮小身影，但他沒有多想便和他們一起向前跑去。來到旅館附近時，他見到有個女孩站在門口，她身後是閃爍的火光，面前則是一條安全的逃生路線，但是她卻沒有動作。他對她大喊，然後穿越院子跑過去，扳開她驚慌而死抓著門框的手，強行將她拉走並且溫柔說道：「走吧，親愛的，走吧。」於是她邁開腳步，但卻還不夠快。就在他們穿過院子時，旅館二樓正面竄出火舌，在坍塌屋頂木料的擠壓下緩慢向前傾倒。木瓦和屋梁彷彿砲彈碎片般射出，一道燃燒橫梁的末端擊中里沃博夫，將他撞倒在地。他面朝下趴在燄光閃閃的泥巴湖裡，沒看到有名矮小的綠毛女獵人撲向那個女孩，將她朝後拖倒，割斷喉嚨。他什麼都沒看到。

六

那天晚上沒有任何歌聲，只有吶喊與死寂。當飛船燒毀時，賽伏歡欣狂喜，眼中盈滿淚水，可是沒有任何話來到嘴邊。他沉默轉過身，手中抱著沉重的火焰噴射器，帶領他的隊伍返回城市。

來自西方和北方的每一支隊伍都由他這樣的前奴隸率領，他們在中央鎮當過任類奴僕，了解城裡的建物和街道。

當晚參與攻擊的大部分成員不曾見過任類城市，其中許多人甚至沒看過任類。他們之所以參與是因為跟隨賽伏；他們被邪惡的夢逼著前進，只有賽伏能教他們該如何控制那種夢境。這些人有男有女，總共數千人，全在漆黑雨夜裡圍著城市邊緣安靜等待著兩、三人一組的前奴隸們完成必須先執行的任務：破壞水管、切斷能從發電機房攜帶光芒的線、闖入軍械庫並劫取武器。第一批死者是那些守衛，在黑暗中以狩獵用的套索、刀和弓箭迅速突襲完成，過程安靜無聲。他們在總部地下室的軍械庫裡布署了當晚稍早從南方十英里外伐木場偷來的炸藥，同時對其他建築縱火，爾後警報響起、火勢高漲，夜色和寂靜便雙雙消散。槍聲聽起來像雷鳴或樹木坍倒的轟響，大都由自衛的任類引發，因為從軍械庫拿了武器去用的只有前奴隸，其餘成員仍使用刀、弓與長矛。聲響最大的是炸藥爆炸，引發的後續聲響壓過了其他所有聲音。炸藥由睿斯萬以及曾在伐木場奴隸圈欄裡工作的人布置、引燃，炸開了總部的所有牆面，摧毀了機棚和飛船。

那天晚上，城裡約有一千七百名任類，其中約五百名是女性；據說所有任類女性當晚都在城市裡，這也是為什麼即使有意參與攻擊的成員尚未完全到齊，賽伏和其他人仍決定展開行動。總共有四到五千名男女穿越森林來到恩德托開會，又從恩德托來至此處，走進這天夜裡。

火勢猛烈，燃燒與屠殺的氣味令人不快。

賽伏嘴巴乾燥、喉嚨疼痛，他說不出話來，口渴至極。他領著小隊往南來到城市中央的道路，一名任類朝他跑來，巨大身影在焦黑、閃爍的濃煙之中若隱若現。賽伏舉起火焰噴射器，控制著火舌，即使任類在泥巴中打滑而跪倒在地時也沒鬆懈。那些火焰先前都已用來點燃沒在機棚中的飛船，機器其實已經無法再噴出嘶嘶作響的火柱。賽伏放下手中的沉重武器。那名任類沒有武裝，且是男性。賽伏試圖說出「讓他逃走」，但是聲音太過微弱，因此即便已經說了，兩名來自厄普唐林地的男獵人仍然越過他，高舉著長刀跳了出去。那雙空無一物的巨掌在空中扒抓了幾下，然後便癱軟垂落，龐大的屍體在路上躺成了一座小丘。附近還有許多死屍，就躺在這曾是城市中心的地方。此刻除了火焰燃燒之外，已經沒有太多聲音。

賽伏張開雙脣，嘶啞地發出結束狩獵的返家呼喚，身邊的人隨即以更清楚嘹亮的高音將呼喚傳遞出去，其他人也自迷霧、惡臭以及烈焰四起的漆黑夜色中傳來了或近或遠的回應。不過他並未立刻領著隊伍離開城市，而是示意他們繼續前進，自己則走到路邊一片泥地裡，面對泥地另一側那座已燃燒坍塌的建築物。他跨過一名死亡的女性任類，彎下腰看著另一名被巨大焦黑木梁壓在底下的任類。他看不清楚任類的五官，上頭滿是泥巴和黑影。

不應該這樣的。他其實沒必要這麼做。遍地死屍，他其實不必對這個任類多看任何一眼。夜色這麼黑，他沒必要認出那是誰。他起身打算追上小隊，接著又掉頭回來，使力移開里沃博夫背上的梁，然後跪下將一隻手塞進那顆沉重的頭顱下方，讓里沃博夫似乎能趴得舒服一點，臉不再埋在土裡。他就這樣跪在那裡，一動不動。

他已經四天沒睡覺了，上次安靜下來做夢則是更久以前的事——根本已經不記得多久。自從帶著追隨者們離開愷迪思前往布羅特之後，他便日以繼夜地做事、說話、前進、規畫。他造訪一座又一座的城市，對森林居民演說、傳達新的資訊、將他們從夢中喚醒至這個世界、安排今晚的行動。他隨時隨地不停說話，若不是在說就是在聽其他人講話，從未寧靜或獨處。他們聽他說話，認同賽伏所說的，然後起身追隨，跟著他走上新的道路。他們將過往懼怕的火焰握在手中，主動掌控邪惡的夢，朝著敵人釋放自己曾懼怕的死亡。他說應該怎麼做，他們便完成那些事；他說該往哪裡去，他們就朝那個方向前進。任類的會所和許多住處都已被燒毀，飛船被點燃或者破壞，武器被偷或者摧毀：他們的女性也都死了。火焰燒盡，開始熄滅，沾染煙霧的夜色變得非常深沉。賽伏幾乎看不見任何東西，他抬頭望向東邊，想知道黎明是否要來了。他跪在泥地的死者之間想著，現在這樣才是夢，邪惡的夢。我以為自己能駕馭它，但其實是它駕馭了我。

在這場夢中，里沃博夫的嘴唇抵著他的手掌微微動了動；賽伏低頭，看見死去的男子睜開雙眼。即將熄滅的火焰餘光在他們的臉上、身上閃動。一會兒之後，他喊了賽伏的名字。

於是賽伏在夢中說：「里沃博夫，你為什麼要待在這裡？我叫你要在今天晚上離開城市。」語氣嚴厲，彷彿在對里沃博夫發脾氣。

「你被俘虜了嗎？」里沃博夫的聲音微弱也未抬頭，不過態度如此平常，頓時讓賽伏意識到此刻不是夢境時間，而是世界時間，他們還在森林的夜裡。「還是我？」

「都不是，或者都是，我怎麼知道呢？所有發動機和機器都燒掉了，所有女人都死了。我們讓願意逃命的男人逃走。我叫他們不要燒你的房子，所以書都沒事。里沃博夫，為什麼你跟其他人不一樣？」

「我跟他們一樣，都是人。跟他們一樣。跟你一樣。」

「不對，你不一樣——」

「我跟他們一樣，你也是。賽伏，你聽我說，不要再繼續了，不要再殺害其他人。你必須回去……回到你的城鎮……回到你的根。」

「你們的人離開之後，邪惡的夢就會停止。」

「**現在**就停止。」里沃博夫試圖抬起頭，但是他的背已經斷了。他向上看著賽伏，開口想要說話。他的目光跌了下去，看入另一邊的時間，而那雙嘴唇依然張著，卻發不出話語。他的氣息從喉中發出類似吹哨的細微聲響。

有人在喊賽伏的名字，許多聲音從遙遠處不斷呼喊。「里沃博夫，我必須走了！」賽伏流著淚說，發現沒有得到回應，於是站起身想要跑開。但是在夢一般的黑暗中，他只能非常緩慢地前進，就像走在深水之中。白蠟的樹靈走在他前方，比里沃博夫或任何任類都高大，高聳如樹，卻未將白色的面具轉向他。就在離開的時候，賽伏對里沃博夫說：「我們會回去的。我會回去的。現在就回去。我答應你，里沃博夫，我們現在就回去！」

但是他那位溫柔的朋友——那位曾經救過他的命，又背叛他夢境的里沃博夫——並未回答。他在這片夜色的某處走著，就在賽伏附近，沒有身影，安靜得像死亡。

一群藤塔爾的人找到在黑暗中遊蕩的賽伏，他一邊哭泣一邊說話，完全落入夢的掌控之中。他們帶著他，迅速返回恩德托。

恩德托的臨時會所是一頂架在河岸上的帳篷，無助且精神錯亂的他在裡頭躺了兩天兩夜，由男長老們照料。這段期間，人們在恩德托不斷來去，回到曾被稱為中央鎮的埃許森之地，埋葬死去的族人及外星人：他們的死者超過三百，對方則超過七百。約有五百名任類被關進了大營區裡，也就是所謂的綠皮圈欄；這個地方沒被燒毀，空蕩蕩地獨自矗立著，與其他建築的距離遙遠。逃走的任類數量遠大於此，一部分逃到了更南邊未受攻擊的伐木營地，而還在森林或傷痕地帶中躲藏、遊蕩的那些則受到追捕；這其中有的遭到殺害，因為許多年輕的男女獵人仍只聽見賽伏的聲音說：**殺死他們**。其他愛斯熙人則已把殺戮之夜拋在腦後，彷彿那是場噩夢，是必須被了解以免重蹈覆轍的邪惡夢境；而當這些人面對躲藏在樹叢中的乾渴、疲憊任類時，都無法痛下殺手，所以可能被任類殺死。部分任類還組成十人與二十人一組的小隊，以砍樹的斧頭和手槍為武器，不過鮮少還有彈藥；愛斯熙人會追蹤這些隊伍，直到周圍的森林裡躲藏了夠多族人後便展開壓制、綑綁，然後將他們帶回埃許森。這些任類在兩、三天內便全被捕獲，因為索諾在這一地區已經擠滿了森民。這麼多人聚集在同一個地方是前所未聞的事，哪怕是一半或者十分之一的人數都不曾有過，有些人仍自遙遠城鎮和其他陸地抵達，同時間已有人準備啟程回家。被抓到的任類都和其他同類一起關在營區，雖然擁擠也沒辦法，因為愛斯熙人的小屋對他們來說太小了。愛斯熙人提供任類飲水，一天餵食兩餐，且隨時都有兩百名武裝的獵人負責看守。

埃許森之夜的隔日午後，一艘飛船轟隆隆自東方駛來，低空飛行彷彿就要降落，隨後又像隻狩獵失敗的猛禽朝上猛衝，在已毀壞的起降場、悶燒的城市以及傷痕地帶上空盤旋。睿斯萬先前已確保無線電都遭到摧毀，或許正是沉默的無線電引來那艘飛船。船可能來自庫希歐或睿西維爾，那裡有三座任類小鎮。每當那架機器在營區上空轟隆作響，囚犯們便會衝出營房對它大叫。最終，機器用小降落傘將某個物體扔了下來，然後再次轟隆隆飛上空中離去。

愛斯熙星目前還剩下四艘這種有翅膀的船，三艘在庫希歐，一艘在睿西維爾，全是能載四名乘客的小船，也能載機關槍和火焰噴射器。這些船令睿斯萬和其他人憂心忡忡，因為此時的賽伏已和他們失去聯繫，正自顧走在另一時間裡的祕徑上。

到了第三天，賽伏於世界時間醒來，消瘦、茫然、飢餓、沉默。在河中洗澡並且進食之後，他聆聽睿斯萬、巴蕾的女族長以及其他領袖的報告，了解自己做夢時世界的變化。聽完後，他環顧著他們，而他們看見了他身上的神性。埃許森之夜過後，病態的厭惡和恐懼伴隨而來，一些人開始感到懷疑。他們的夢極為不安，充滿鮮血與火焰，且又鎮日被陌生人包圍。來自各地森林，數百、數千的人，彷彿聞到腐肉的鳶鳥一般聚集至此，彼此皆不認識。對他們來說，這景象就像末日來臨，將會改變往後的一切，且不會再恢復正常。不過見到賽伏之後，他們又記起了自己的初衷。痛苦平息了，他們全都等著他開口說話。

「殺戮已經結束。確保每個人都知道這一點。」他說，環顧著他們。「我需要和營區裡的任類談談，他們現在的領袖是誰？」

「火雞、扁足、濕眼。」前奴隸睿斯萬答道。

「火雞還活著？很好。葛芮達，請扶我起來，我的骨頭都變得像鰻魚一樣了……」

活動一會兒後，他的體力恢復了些，便在一小時內從埃許森出發，踏上前往恩德托的兩小時路程。

他們抵達後，睿斯萬爬上架在營區圍牆邊的一道梯子，用之前奴隸們必須學習的皮欽英語大喊：「鄧阿來大門，快快快！」

低矮水泥營房之間的巷子裡，有些任類邊吼著邊朝他扔擲土塊。他低頭躲過，等待著。

出來的不是上校，而是他們稱為濕眼的戈斯。他跛著腳走出營房，對睿斯萬喊道：「鄧上校生病了，沒辦法出來。」

「什麼病？」

「腸胃病，水不乾淨。你們要幹麼？」

「談阿談——神主大人。」睿斯萬低頭看向賽伏，用著他自己的語言說著。

「火雞躲起來了，你想和濕眼談嗎？」

「好吧。」

「弓箭手，在這裡看著大門！——戈斯阿先生，來大門，快快快！」

大門短暫開啟一道窄縫，剛好能讓戈斯擠出門外，隨後便又關上。他獨自站在大門前，面對賽伏的人馬。他在埃許森之夜受了傷，重心歪靠其中一隻腳上，身上穿的破爛睡衣沾滿泥濘，被雨水浸溼，灰髮筆直稀疏地垂掛在耳旁和額頭上。戈斯的體型是其俘虜者的兩倍，他站得非常挺直，以英勇、憤怒糾結的目光瞪著他們。「你們要幹麼？」

「我們必須談談，戈斯先生。」賽伏從里沃博夫那裡學到了簡易英語。「我來自埃薛司，我是白蠟樹的賽伏，是里沃博夫的朋友。」

「我知道你是誰，你想說什麼？」

「我想說的是，如果你的人和我的人能遵守承諾，那麼殺戮便結束了。如果你們能把還在南索諾、庫希歐和睿西維爾這些伐木營地的人全都召集過來，並讓他們都待在這裡，那麼你們全都會獲得自由。你們可以住在森林已經死去的土地上，也就是你們種植種子草的地方，但是絕對不能再砍樹。」

戈斯露出急切的神情：「那些營地沒有受到攻擊？」

「沒有。」

戈斯沉默不語。

賽伏看著他的臉，一會兒後繼續說道：「我想，你們的人在這個世界的數量應該剩不到兩千，而且你們的女人都已經死了。其他營地還有武器，你們有辦法殺死我們很多人，不過我們也有你們一部分的武器，而我們的人數多到你殺不完。我想你們知道這一點，所以才沒有讓飛船帶火焰噴射器過來殺死守衛並逃走。那麼做不會有任何好處，畢竟我們的人數真的很多。如果你們能答應這些協議的話最好，那樣你們就能安全等待大船過來，然後離開這個世界。我想那應該會是三年後的事。」

「對，本地年三年——你怎麼知道？」

「奴隸也是有耳朵的，戈斯先生。」

戈斯終於直視他了，隨後別開視線。他變換重心，試圖讓腳舒服一點，然後重新看向賽伏，又再次別開。「我們已經『承諾過』不再傷害你們的人民，所以才讓工人們回家。結果根本沒用，你根本沒聽進去——」

「那不是和我們達成的協議。」

「我們要怎麼和一群沒有政府、沒有中央機關的人達成任何協議？」

「我不知道。我不確定你知不知道什麼叫承諾，你所說的那個諾言很快就失信了。」

「什麼意思？怎麼失信的？是誰違背的？」

「十四天前，在睿西維爾，就是你們說的新爪哇。睿西維爾營地的任類燒毀了一座小鎮，並殺死了那裡的居民。」

「這是謊言。在大屠殺發生之前，我們一直都透過無線電和新爪哇保持聯絡，不管是那裡或其他任何地方都沒有人殺害原住民。」

「你說的是你知道的真相。」賽伏說。「而我說的是我知道的真相。我接受你對睿西維爾殺戮事件的無知，但同時你也必須接受我所說的，那件事確實發生了。我的條件依然不變：你們必須明確對我們提出承諾，並與我們達成協議，且絕對遵守諾言。我建議你和鄧上校還有其他人好好討論。」

戈斯轉身彷彿要重新進入大門，然後又轉了回來，以低沉沙啞的嗓音說道：「賽伏，你到底是誰？你是不是——策畫這場攻擊的人是你嗎？是你帶領他們這麼做的嗎？」

「對，是我。」

「那所有的血債都要算在你頭上。」戈斯的語氣突然凶猛起來。「你要知道，這也包括里沃博夫。你的『朋友』里沃博夫——他死了。」

賽伏不懂戈斯的意思。他知道何謂「殺害」，但是對於「愧疚」卻僅知其名。他與戈斯蒼白、怨恨的目光對視片刻，心裡感到害怕，一陣噁心感升起，一股強烈的寒意。他閉上眼睛片刻，試圖擺脫那種感覺。最後他說：「里沃博夫是我的朋友，因此他並沒有死。」

「你們太幼稚了。」戈斯憎惡地說。「你們就是一群野蠻的小孩子，對於現實一無所知。這不是夢，是現實！是你殺了里沃博夫。他已經死了。是你殺了那些女人——那些**女人**——是你把她們活活燒死，像屠宰動物那樣殺了她們！」

「難道我們該讓她們活著嗎？」賽伏與戈斯同樣激動，但是語氣輕柔，聲音帶有微微的曲調。「應該讓你們在世界的屍體中像昆蟲一樣繁衍下去，直到你們的數量超過我們嗎？殺死那些女人是為了讓你們絕後。我知道什麼是現實主義者，戈斯先生，里沃博夫和我討論過這類詞彙。現實主義者是了解世界也了解自身夢境的人。你們並無理智：你們有幾千人，但是沒有一個懂得怎麼做夢，就連里沃博夫都不會，而他已經是你們之中最厲害的人了。你們睡了一覺，醒來後便忘記做過的夢，然後再次入睡、再次醒來，就那樣浪費掉一輩子，而你卻認為這就是存在、人生和現實！你們不是小孩，而是成年的男人，但卻沒有理智。這就是為什麼我們必須殺掉你們，否則你們會把我們逼瘋。現在，回去吧，回去和其他沒有理智的男人討論什麼是現實。好好長談吧！」

守衛打開大門，用手中的矛逼退院子裡群聚的任類。戈斯重新進入營區內，寬大的肩膀蜷縮著，彷彿正在抵擋落雨。

賽伏非常疲倦。巴蕾的女族長和其他女人前來陪著他走路，他將雙臂掛在她們肩上，這樣當自己腳步磕絆時才不會跌倒。年輕女獵人葛芮達是他同一樹族的表親，她和他說笑，暈頭轉向的賽伏大笑著回應。返回恩德托的這趟路，感覺像走了好幾天。

他累得吃不下，只喝了一點熱肉湯便躺在男人的火堆旁。恩德托算不上小鎮，不過是大河旁的一塊營地，在任類到來之前，這裡是當時仍存在的森林裡所有城市居民喜愛的釣魚地點。這裡本來連會所都沒有。兩道黑石堆成的火圈，一道長滿青草的漫長河岸，能設立獸皮與編藤製的帳篷，這就是恩德托。門嫩河是索諾的主河，無論在世界或夢中，都在恩德托此地不斷窸窣低語。

火旁有許多上了年紀的男人，其中有些他不認識，有些則是他的舊識，來自布羅特、藤塔爾以及被摧毀的故鄉城市埃薛司。他可以從他們的眼神和姿勢中看得出來，也能從他們的聲音中聽得出來，這些都是大夢者；此刻，或許是有史以來最多夢者同聚一處的時候了。他躺下來，完全伸展四肢，然後用手撐起頭，注視著火堆。他說：「我說任類瘋了，但我自己是不是也瘋了？」

「你之所以分不清楚自己在哪一種時間裡。」老圖巴將一根多脂松結放在火堆上。「是因為你已經太久沒在睡眠或清醒時做夢。這樣的代價得花很久時間才能還清。」

「任類喝下毒藥的效果，就和一個人缺乏睡眠及做夢時的狀態一樣。」曾在中央鎮與史密斯營地兩處都當過奴隸的西本這麼說。「任類為了做夢，會對自己下毒。我看過他們喝了毒藥之後露出夢者的神情，但是他們既沒辦法召喚或者控制夢，也沒辦法編織、形塑或終止夢境，只能被夢驅趕、壓制。他們根本不知道自己擁有什麼能力。一個人好幾天沒有做夢就會這樣，即使是會所裡最有智慧的人也會發瘋，偶爾、突然、時不時地發作，並持續很長一段時間。他會被夢駕馭、被夢囚禁，無法了解自己。」

一名非常年長的老人將一隻手放在賽伏的肩膀上撫慰他，以南索諾口音說道：「年輕的神啊，親愛的，你需要唱歌，會對你有幫助。」

「我唱不出來。你們幫我唱吧。」

老人唱起歌來，其他人跟著加入，他們的聲音高尖而微弱，幾乎沒有曲調，彷彿風吹過恩德托的蘆葦。他們唱著一首白蠟樹的歌，關於纖長柔軟的羽狀葉片在秋天果子轉紅時泛黃，此時一夜過去，第一場霜降讓所有的葉片覆上銀衣。

賽伏一邊聽著這首白蠟樹之歌，一邊見到里沃博夫在他身旁躺下。躺下時的他看起來不再顯得詭異高大或者四肢粗壯，他身後是那棟被火燒毀的半傾頹建築物，在滿天星空中顯得焦黑。「我和你一樣。」他沒看著賽伏，那如夢一般的嗓音試圖揭露著自己正在說謊。賽伏心中滿是哀傷，為朋友感到沉重。「我在頭痛。」里沃博夫用自己的聲音說道，並像平時那樣揉著他的後頸。賽伏見狀便想伸手去觸碰、安撫他，卻發現他只是世界時間裡的陰影和火光，而此刻老人們正在唱某一首白蠟樹之歌，關於春天來臨時羽狀葉片間的黑色枝幹會開著小白花。

隔天，被關在營區裡的任類要求和賽伏會面。他在下午來到埃許森，和他們在營區外一棵橡樹的枝葉下碰面，因為賽伏的族人們都對裸露的開闊天空感到有些不安。埃許森曾是一片橡樹林，這棵樹是殖民者留下未砍伐的少數樹木中最巨大的，就長在里沃博夫小平房後方的長坡上；里沃博夫的房子是燃燒之夜後倖存的六間或八間房舍之一。與賽伏一起來到橡樹下的包括睿斯萬、巴蕾的女族長、愷迪思的葛芮達以及其他想要和談的人，總共約十來個。許多弓箭手害怕任類可能藏著武器，因此都仍保持警戒，不過他們全都坐在樹叢或者一小塊燃燒殘骸的後方，避免帶來一絲威脅的氣息。與戈斯、鄧上校一起來的任類中有三名是他們所謂的軍官，外加兩名來自伐木營地。曾經當過奴隸的人見到其中一名是班頓，全都倒抽一口氣。班頓以前懲罰「懶惰綠皮」的方法是在大庭廣眾下閹割他們。

上校看上去瘦了，平時黃棕色的皮膚成了泥濘的灰黃。看來病不是裝的。

「首先。」所有人就位後，他便開口說道。此時的任類都站著；賽伏的人則或蹲或坐在潮溼、柔軟的橡葉腐土上。「第一件事情，我要確定你們所開條件的明確定義，以及這些條件實際上能如何保護我旗下人員的安全。」

一陣沉默。

「你會說英文不是嗎？你們其中一些人會說英文吧？」

「我會。但是鄧先生，我不懂你的問題。」

「請稱呼我為鄧上校！」

「這樣的話也請你稱呼我賽伏上校。」賽伏的聲音裡隱然響起一陣歌聲。他站起身準備競技，曲調如河水般在他腦中流動。

可是年老的任類就只是端著龐大而沉重的身體站著，滿腔憤怒卻未回應挑戰。「我來這裡不是為了被你們這些小類人生物汙辱的。」他說著，然而雙唇一邊顫抖。他老了，滿腔困惑與屈辱。賽伏心中對於勝利的期望都消失了。從此以後世上不會再有勝利可言，只有死亡。他重新坐下。「我沒有羞辱的意思，鄧上校。」他無奈地說。「能請你再重複一次問題嗎？」

「我要知道你的條件，然後你也會得知我們的條件，就這樣。」

賽伏把之前對戈斯重申的又說了一次。

鄧上校一邊聽著，明顯表現出不耐煩。「好了。我想你並不知道這三天來，我們在牢房裡已經拿到了一臺正常運作的無線電。」賽伏的確知情。睿斯萬在第一時間便調查了直升機投下的物品，以免可能是武器。守衛回報是無線電，於是他便讓任類收著。賽伏對此僅點了點頭。「這段期間，我們不斷與三座偏遠營地保持聯繫，兩座在國王島，一座在新爪哇，所以只要我們決定突圍逃離那座監獄一切都會非常簡單，因為直升機會為我們空投所需武器，並用機上裝配的武器掩護我們的行動，只需要一架火焰噴射器就能帶我們離開牢營，必要時他們也會投擲炸彈炸毀這整個區域。當然了，我想你還沒看過它們的威力。」

「假如真的離開營區，你們要去哪裡呢？」

「重點是，若不考慮任何無關緊要的資訊或者錯誤評估，你們現在的兵力確實遠大於我們，不過我們在各個營地總共還有四架直升機，全都受到武裝人員鎮日嚴守，你們就算嘗試摧毀它們也不會成功，而且機上全配有強大火力。雖然說起來很殘酷，但事實是我們雙方的優勢幾乎不相上下，因此我們應該平等地進行討論。當然這只是暫時的情況，如果必要，我們也有能力進行防禦鎮壓，避免全面開戰。此外我們背後還擁有塔拉星際艦隊的全部火力，能夠直接從外太空炸毀你們這整顆星球。我知道這些概念對你來說很虛無飄渺、難以理解，所以就讓我盡可能簡單說吧：目前，我們準備與你談判，前提是雙方平等。」

賽伏開始失去耐性。他知道自己的壞脾氣是精神狀態惡化的症狀，但他實在控制不住了。「好啊，說啊！」

「那麼，首先我想清楚聲明，一拿到無線電後，我們就告訴其他營地的人不要帶武器給我們，也不要嘗試進行任何空運或救援，且嚴禁報復行為——」

「很明智。然後呢？」

鄧上校開始憤怒反擊，接著突然停了下來。他的臉色變得非常蒼白。「有什麼東西可以坐嗎？」他說。

賽伏繞過任類的人馬，走上斜坡，進入空蕩的雙臥室平房，拿起摺疊辦公椅。整間房子安靜無聲。他在離開之前彎下腰，將臉頰貼在斑駁的原木桌面上，就在里沃博夫以前和他一起工作或獨自作業時會坐的位置。這裡還躺著幾張里沃博夫的文件；賽伏輕輕摸了摸它們。他將椅子拿到外面，放在雨水打溼的泥土上，讓鄧上校坐下。老人坐了，緊咬著雙脣，杏仁狀的雙眼因為痛苦而變得狹長。

「戈斯先生，也許你能代替上校發言。」賽伏說。「他不舒服。」

「我來。」班頓向前踏了一步。不過鄧上校搖了搖頭，喃喃說道：「戈斯。」

現在上校成了聽眾而非發言人，討論便順利多了。任類接受了賽伏的條件。雙方承諾和平共處，任類將自所有偏遠基地撤離並居住在同個地方，也就是他們在索諾中部砍伐開闢出的區域：那是一片約有一千七百平方英里的起伏平原，水源充足。他們承諾不進入森林。森民也承諾不擅入傷痕地帶。

四艘剩餘飛船的處置引發了一點爭執，任類堅持他們需要飛船才能將人馬從其他島嶼帶至索諾。但這些機器一次只能乘載四人，加上每趟行程都要花上數小時，賽伏認為任類用步行的能更快抵達埃許森，同時他也提議安排渡船讓他們越過海峽。不過，任類似乎從來沒有走過遠路。好吧，他們可以留下直升機去執行所謂的「空運行動」，不過完成後就要摧毀。回拒。憤怒。他們保護機器更甚於保護自己的身體。賽伏屈服了，表示他們可以保留直升機，但是只能在傷痕地帶上空飛行，且搭載的武器必須銷毀。任類開始針對這點爭執，不過是與彼此爭執。賽伏耐心等待，偶爾重申他的要求，因為他不會在這一點上讓步。

「有什麼差別呢，班頓？」氣得發抖的老上校最終說道。「難道你不懂我們為什麼他媽的沒辦法用那些武器嗎？這些外星人總共三百萬，每一座該死的島嶼上都有他們的身影，每一座島都長滿了樹林和灌木叢，沒有城市、沒有關鍵網絡、沒有中央控制單位，你沒辦法用炸彈瓦解游擊類型的結構，這是已經證明的事，事實上我在舊世界的故鄉，二十世紀時就曾在連續三十年間擊退一個又一個的超級強權[1]。再說我們的優勢要在太空船來之後才能真正展現，既然能夠留下打獵和自我防衛用的隨身武器，就不要堅持那些大傢伙了！」

他就是他們的長老，而他的意見終究占了上風，就像在男人會所裡一樣。班頓生起悶氣。戈斯開始談到停戰協議若被毀約的後果，不過被賽伏制止了。「這些都是可能性，但我們還沒談完確實的事。你們的大船會在三年後回來，照你們的計算單位則是三年半，在那之前，你們都能自由待在這裡。我們不會讓你們過得太艱辛，除了我個人想留下里沃博夫的文件之外，我們不會再從中央鎮拿走任何東西。你們還是會擁有大部分砍樹和挖土的器具，如果仍需要其他工具，你們的領土裡也有沛奧多的礦脈。我想這些已經夠清楚了。不過還有一點需要知道的是：當大船來的時候，他們會想怎麼處置你們和我們？」

「我們不知道。」戈斯說。鄧上校補充：「如果你們之前沒毀了安射波通訊機，我們現在可能會收到相關的即時資訊，而我們的報告勢必也可能影響決策，

1 這裡暗指鄧上校來自越南，這三十年約指從二戰至一九七五年第二次越戰結束之間。

進而左右他們對於這顆星球可能做出的最終處置，而這些決策本來應該在太空船自佩斯諾返航之前就開始實行，但是因為你們對於自身利益的無知而肆意破壞，結果就是我們連一臺通訊範圍不過幾百英里的無線電都不剩。」

「什麼是安射波？」剛才的討論中也出現過這個字，賽伏不知道意思。

「共時通訊機。」上校悶悶不樂地答道。

「類似某種無線電。」戈斯的語氣傲慢。「能讓我們和故鄉世界即時通訊。」

「不用等待二十七年？」

戈斯的目光朝下盯著賽伏。「是的，就是這樣。你從里沃博夫那裡學了很多嘛？」

「可不是嗎？」班頓說。「里沃博夫的綠色小跟班，除了所有值得學習的知識之外他還偷偷學了很多東西，例如應該要破壞哪些重要設施、守衛都在哪裡站哨，還有如何進入武器庫。他們兩個一定直到大屠殺開始的前一刻都還保持聯繫。」
戈斯露出不安的神情。「班頓，拉吉已經死了，現在說這些都不重要，我們必須建立起——」
「班頓，你是想暗示里沃博夫上尉涉入了某些可能視為背叛殖民地的活動嗎？」鄧上校兩手按著自己的腹部，怒目而視。「我的參謀裡沒有人是間諜或叛徒，他們都是在離開塔拉之前精挑細選的人選，我很清楚自己手下是怎樣的人物。」
「報告上校，我沒在暗示，而是坦承表達里沃博夫煽動了綠皮。另外，要不是因為來了那艘艦隊太空船改變了我們命令，這一切也都不會發生。」
戈斯和鄧上校同時開口想說什麼，不過賽伕下了評論：「你們全都病得很重。」他站起來，拍了拍身子，潮溼的棕色橡葉沾上他的短毛就像被絲纏住一樣。「很抱歉你們必須被關在綠皮圈欄裡，那對心智不好。請開始將你們的人撤離營地，等到所有人都到達這裡、大型武器都被銷毀且所有人都立下承諾之後，我們便不會再干涉你們。今天我離開之後，我們就會打開營區的大門。還有什麼要說的嗎？」

無人說話。他們全都俯視著他。七名高大的人，無毛的皮膚或者棕黃或者被陽光晒得黝黑且全都遮著布料，有著深色眼珠的臉龐正咧嘴笑著；而十二名矮小的人，全身覆滿綠或者棕綠毛髮，有著半夜行性動物般的大眼睛和正在做白日夢般的表情；而賽伏，翻譯者，夾在兩個群體之間，身體虛弱、面容盡毀，空蕩的雙手正握著他們的命運。雨水輕輕滴在他們周圍的棕色泥土地上。

「那就再會了。」賽伏說完便帶著族人離去。

「他們沒那麼笨。」巴蕾的女族長在陪伴賽伏返回恩德托的路途上這麼說。「我以為這些巨人一定很笨，但是他們也看得出你是神。談到最後時，我在他們臉上看到了這一點。你好會說那種咯咯叫的語言喔。他們真的好醜陋，你覺得他們生的小孩也一樣沒有毛嗎？」

「希望我們永遠不必知道。」

「光是想到要把沒有毛的小孩養大，噁，好像在養一條魚似的。」

「他們全都是瘋的。」老圖巴看起來極度焦慮。「里沃博夫以前去藤塔爾的時候就不是這樣，他雖然無知卻仍有理智。但是這幾個，他們會互相爭執、對老人輕蔑、彼此憎恨，表情就像這樣——」他扭曲著那張灰毛臉龐模仿塔拉人的表情，不過當然沒辦法模仿他們說的話。「你剛才說他們什麼？賽伏，你是說他們都瘋了嗎？」

「我說他們生病了。不過真的說起來，他們打了敗仗、受了傷，又被關在石頭籠子裡，遇到這些事誰都可能生病，誰都需要治療。」

「但還有誰能治療他們呢？」巴蕾的女族長說。「他們的女人全都死了。太遺憾了，可憐的醜東西——就像巨大的無毛蜘蛛，噁！」

「他們是人，是男人，和我們一樣都是人。」賽伏的聲音尖細銳利，彷彿刀刃。

「噢，親愛的神主大人，我知道啦，我只是覺得他們『長得像』蜘蛛。」上了年紀的女人邊說邊輕撫他的臉頰。「大家聽我說，在恩德托和埃許森之間來來回回的把賽伏累壞了，我們坐下來休息一下吧。」

「別在這裡。」賽伏說。他們還在傷痕地帶，四周都是殘樁與草坡，頭上空蕩就是天空。「等我們走到樹下……」他絆了一下，不是神的那些紛紛上來扶著他繼續前行。

七

戴維森發現穆罕默德少校的錄音機非常有用。總得有人為新大溪地發生的事件留下紀錄，留下一部塔拉殖民地受難史，這樣當地球母星的艦隊抵達時就能知道真相，而未來的世代才會了解人類有辦法做出多少背叛、懦弱、愚蠢的事，又有多少勇氣去衝破重重困境。他會在閒暇時錄下史密斯營地大屠殺的來龍去脈——自從接下指揮權後這類空閒時間便不多了——並更新新爪哇、國王島和中央鎮的最新情況，外加他從中央總部含混不清、歇斯底里的通訊內容中拼湊出來的訊息。

除了綠皮之外，沒有人知道那裡的實情，因為每個人類都試圖掩蓋自身的出賣與錯誤。不過事情的概略經過倒是清楚。在賽伏帶領下，一群有組織的綠皮被引入軍械庫和機棚，用火藥、手榴彈、槍枝和火焰噴射器徹底摧毀了整座城市，屠殺人類居民。總部是他們第一個炸掉的地方，事實擺在眼前，這證明了整場行動有內鬼接應。里沃博夫想必參與其中。而為了表達謝意，他的綠色小朋友們劃開了他的喉嚨，就像他們殺害其他人一樣。至少戈斯和班頓聲稱在大屠殺隔天早上看見他的屍首，但是他們真的值得信任嗎？你幾乎可以預設自那天晚上倖存的任何中央鎮人類居民多少都是叛徒，他們背叛了自己的種族。

他們說女人都死了。這消息很糟，但更糟的是你完全沒有理由相信這種說法。對綠皮來說，要在樹林裡捕抓俘虜是再簡單不過的事，要在一座燃燒的城鎮抓住某個驚慌逃竄的女孩更是簡單得不得了。難道那些綠色小惡魔不會想抓個人類女孩回去，試試看那是什麼滋味嗎？天曉得現在有多少女人還活在綠皮們的兔子洞裡，被綑綁關在某個臭氣熏天的地底洞窟，讓那些骯髒下流的多毛小猴人每天碰啊摸啊蠕動磨蹭。簡直難以想像。可是看在上帝的分上，你有時就是得去想那些難以想像的畫面。

大屠殺隔日，有架國王島的直升機空投了一臺無線電收發器給中央鎮的俘虜們，而穆罕默德也從那天開始錄下他與中央鎮的所有通訊內容。最驚人的一段是某次他和鄧上校的對話。他第一次播給戴維森聽時，戴維森便將磁帶扯下燒掉。現在戴維森希望自己沒那麼做，才能將那段對話留作紀錄，證明中央鎮和新爪哇兩地的指揮官有多麼無能。當時他屈服於自己的一時衝動將紀錄毀了，但說真的，他怎麼可能有辦法冷靜坐在那裡，聽上校和少校討論該如何向綠皮全面投降呢？他們同意不進行任何反擊或自我防衛，同意放棄所有大型武器，並要所有人都擠在綠皮們幫他們挑選的一小塊土地上——那是綠毛小野獸們不情不願地留給他們的保護區，多麼慷慨的征服者。真的太驚人了，難以置信，無話可說。

也許老叮咚和老穆不是真的想要背叛，他們只是發蠢，整個人慌了。他們變成這樣都是這該死星球的錯，唯有最為堅強的人格才能與之對抗。這裡的空氣有某種物質，也許那些樹的花粉就像某種毒品，會讓普通人類變得像綠皮一樣笨、一樣脫離現實。由於人類的數量比綠皮少非常多，所以在那種狀態下很容易就會被消滅。

很可惜的是穆罕默德必須被排除在外，不過，反正他永遠不會同意戴維森的計畫，這點倒是再清楚不過。穆罕默德已經瘋過頭了，要是有人聽過那卷難以置信的錄音帶，絕對都會同意這一點。所以在事情曝光之前就先槍殺他確實比較好，這樣他就不會像老鄧以及還存活的那些中央鎮軍官一樣染上汙名。

鄧上校最近都沒出現在無線電裡，負責聯絡的通常都是工程師朱朱・瑟瑞。戴維森以前經常和朱朱來往，也視他為朋友之一，不過現在真的是誰都不能信了。朱朱也是亞裔，中央鎮大屠殺後留下這麼多亞裔倖存者實在非常奇怪，而在他有所聯絡的這些人中，戈斯是唯一的非亞裔人士。重組過後的爪哇，剩下的五十五名忠誠弟兄大多和戴維森一樣都是歐非族裔，另外還有一些非裔和非亞混血，就是沒有任何純粹的亞洲人。到頭來，血統已經證明一切。誰的血管裡沒有一點來自人類搖籃的血統，就不能算是完整的人類。不過即使如此，他也並未放棄拯救中央鎮那些可憐的黃皮膚王八蛋，這項理論只是多少解釋為什麼這些人的道德標準會在壓力之下崩潰。

「老瑭，你都沒意識到自己給我們惹了多大麻煩嗎？」朱朱·瑟瑞用那扁平的聲音問道。「我們和綠皮訂下了正式停戰協議。地球也直接下令不能干涉本地高等智慧生物、不能報復反擊。說真的，怎麼可能反擊呢？國王島和中央島南部的人撤來我們這裡之後，所有人加起來連兩千都不到，再加上你們爪哇那裡有多少人？六十五個？老瑭，你真的覺得兩千人能夠對抗三百萬名有智慧的敵人嗎？」

「朱朱，只要五十個人就夠了，重點是要有毅力、技巧和武器。」

「胡說八道！老瑭，重點是我們已經確立了停戰協議，如果有人毀約我們就完了。我們現在能安全待在這裡，靠的全是那份協議。等太空船從佩斯諾回來，他們看到這裡的情況後，或許會決定殲滅綠皮，這我們無從得知，不過目前看來，綠皮們的確有意遵守停戰協議，畢竟這是他們提的，而我們別無選擇。他們的人數有絕對優勢，隨時能消滅我們所有人，就像之前破壞中央鎮那樣，當時他們派了幾千人。你到底懂不懂我在說什麼啊，老瑭？」

「朱朱，你聽著，你說的這些我當然懂。如果你們害怕使用手上那三架直升機，可以送來我這裡，順便再派幾個和我們意見相同的弟兄過來。如果我得單槍匹馬把你們救出來，多幾架直升機會更容易一點。」

「你這白痴，你這樣不是救我們，只會讓我們葬身火窟。立刻派最後一架直升機飛來中央：這是上校本人對代理指揮官的你所下的命令。用直升機載你手下的人過來，來回總共十二趟，頂多只要本地時間的四個白天就夠了。立刻執行命令，快點動作。」沒用的東西，竟然關機了——肯定是害怕和他繼續爭論。

事後戴維森開始擔心，中央可能會派出手上那三架直升機，轟炸或掃射新爪哇營地，因為嚴格來說，他現在的行為其實是違抗命令，而老鄧絕不容忍有人我行我素。看他之前怎麼拿戴維森出氣就知道，起因不過是戴維森對史密斯營地進行了小小的報復突擊。主動做事卻受到懲罰，老叮咚喜歡聽話的傢伙，就像他手下大部分的軍官那樣。這種領導風格的危險在於，領導的軍官本人也會變得慣於屈從。最終，戴維森驚訝地意識到那些直升機其實對他沒有任何威脅，因為老鄧、瑟瑞、戈斯，甚至班頓，全都**害怕**派它們出動。綠皮們下令：不准讓直升機離開人類保護區。他們得遵守命令。

天啊，這情況讓他覺得噁心。該是行動的時候了，他們為此已經等了將近兩個星期。他為整座營地布置了嚴密防守，強化並加高了城寨的防禦柵欄，任何綠猴子小人都不可能爬得上來。還有個叫厄阿必的聰明小夥子，製了很多土製地雷埋在柵欄外，形成一百公尺寬的防禦帶。該是時候讓綠皮們知道，牠們或許能把中央那些人當成綿羊趕來趕去，但在新爪哇這裡，牠們要面對的是真正的男人。他駕著直升機升空，將十五人的步兵小隊引導至營地南方一處綠皮巢穴。他已經學會如何從空中找出蛛絲馬跡；露出馬腳的是樹園，縱使不像人類那樣成排種植，還是密集栽種了特定樹種。一旦知道從何找起，你便會訝異原來兔子洞的數量竟然如此龐大，整座森林裡都爬滿了那些東西。突襲隊一一對巢穴點火，爾後他載著兩名手下飛回營地，回程時又發現了另一座綠皮村莊，距離營地不到四公里。就在此時——純粹為了清楚簽下自己的署名讓所有人都能看見——他扔下了炸彈。只是一枚燃燒彈，體積不大，不過這枚可愛小寶寶就足以讓綠毛猴子長翅膀飛上天。炸彈在森林裡留下一個大洞，洞緣不斷燃燒。

當然了，等到要大規模反擊時，這才是他真正的武器：森林大火。他會從直升機上投擲炸彈和燃燒凝膠，讓整座島嶼燒起來。不過這要等一、兩個月後雨季過去了才能執行。應該燒國王島、史密斯島還是中央島呢？大概會先燒國王島吧，畢竟已經沒有人類住在那裡了，就當作小小警告。然後，如果牠們不肯乖乖就範，就燒中央島。

「你到底想做什麼？」無線電傳來的聲音令他露出笑容。那聲音如此痛苦，彷彿某位突然被人抱起的老太太。「戴維森，你知不知道自己在幹麼？」

「知道啊。」

「你覺得自己有辦法征服綠皮是嗎？」這次說話的不是朱朱，也許是大頭仔戈斯，也許是其他任何一個人。是誰都無所謂，反正都只會咩咩叫。

「對的，沒錯。」他用諷刺的溫和語氣答道。

「你覺得只要繼續燒光他們的村莊，他們全部三百萬人都會乖乖過來投降，是嗎？」

「也許吧。」

「戴維森，你聽我說。」無線電嗚嗚咽咽地好一陣後才傳出這句話；他們用的是某種應急裝置，因為大型收發機和那臺假安射波都沒了，不過後者丟了也是好事。「這樣吧，你現在旁邊有沒有其他人？叫他們來和我們說話。」

「沒有，每個人都在忙。我們在這裡過得很好，不過已經沒有甜點了，就是水果雞尾酒、桃子之類有的沒的，你應該知道吧。有些弟兄真的很想念這些東西。本來有批大麻菸要送過來的，可是剛好遇到你們那邊被炸開。如果我派直升機過去，可以給我們幾箱甜點和大麻嗎？」

一陣停頓。「好，過來吧。」

「很好。把東西放在網子裡，這樣孩子們不用降落就可以直接鉤上直升機。」他笑著說。

中央那端一陣騷動，接著老鄧突然出現在無線電上；這是他第一次直接和戴維森通訊。短波無線電依然不停哀嚎，老鄧的聲音聽來軟弱無力又氣喘吁吁。

「上尉你聽好了，我要你好好想想到底知不知道自己在新爪哇做了些什麼，以及如果你繼續違背命令的話，我又會被迫採取怎樣的回應。我現在試著跟你講道理，是把你當成理性忠誠的士兵，為了確保中央這裡的人員安全，我不得不告訴原住民，我們沒辦法為你的行為承擔任何責任。」

「長官，你說得很對。」

「我希望你清楚知道，這表示我們迫於情勢必須告訴這裡的原住民，我們沒辦法阻止在爪哇的你破壞停戰協議。你那裡有六十六名人員是嗎，我要那些人毫髮無傷地來中央和我們一起等夏克頓號，並確保殖民地團結一致。你現在是在自掘墳墓，但是我有責任保護和你一起的那些士兵。」

「報告長官，那不是你的責任，而是我的。你只需要放輕鬆就好，等看到叢林燒起來的時候記得拿著行李在伐木區中央等，我不想把你們和綠皮一起烤了。」

「給我聽好了，戴維森，我命令你立即將指揮權交給天巴中尉，並且立刻來這裡向我報到。」嗚嗚哀鳴的遙遠聲音說道，令戴維森覺得一陣噁心，於是猛然關閉了無線電。他們都瘋了，明明現實已經全面敗退，卻還裝出一副好士兵的樣子。當情況惡化至此，真的能面對現實的人卻寥寥無幾。

正如他所料，對於他襲擊洞穴，新爪哇本地綠皮沒有任何回應。他一開始就知道了，對待這些東西的唯一方法就是恐嚇威脅，絕對不能心軟。只要這麼做，他們就會知道誰是老大並且屈服。營地附近三十公里內的許多綠皮村莊似乎在他抵達以前便已廢棄，不過他依然每隔幾天便派人去燒毀。

弟兄們開始變得有些緊張兮兮。他本來讓他們繼續砍樹，因為在這五十五名忠誠的倖存勇者裡有四十八名本來就是伐木工人，不過他們知道，已經不會有人呼叫來自地球的機器貨船降落裝載木材了。那些太空船仍會兀自持續抵達，並在太空軌道上繞行，等待著遲遲未來的訊號。如果只是為了消磨時間實在沒必要砍樹，這工作太艱苦，不如把樹林拿來燒。他讓手下進行小隊訓練，培養縱火技術。此時雨水太多還做不了什麼，不過至少能讓他們別胡思亂想。要是有另外三架直升機就好了，這樣他就能執行打帶跑戰術。他考慮突襲中央，掠劫直升機，但還沒和任何人提過，就連他最信任的厄阿必和天巴都沒說。有幾個年輕人可能一想到要武裝突襲己方總部就會心生退縮，他們總在討論「等我們回去時」要做哪些事，卻不曉得已被遺棄、背叛，連皮帶骨被賣給了綠皮。他沒點破，他們承受不起。

總有一天，他會帶著厄阿必、天巴以及另一名可靠的弟兄跳上直升機，然後他們三人會抓著機關槍落地，各自搶下一架直升機，然後他們就能回家去呀回家去，搖搖擺擺回家去[1]。到時他們就會有四支厲害的打蛋器，畢竟打不了蛋可就煎不了蛋捲[2]。戴維森在漆黑的營房內大笑起來。他又把這項計畫藏著一段時

1 引自英國傳統民間童謠〈*To market, to market*〉。

2 此處原文轉化自俗語「不打破蛋就煎不了蛋捲」（you can't make an omelette without breaking eggs），原意是有失才有得。

間，因為光是想到便讓他快樂得不得了。

又過了兩週，他們幾乎把步行距離內的綠皮洞穴全都處理完了，整座森林整齊又乾淨。沒有害蟲，樹上不再噴著煙，也沒有東西會跳出樹叢，閉著眼睛、倒在地上，等你去踩。這裡不再有小綠人，只有一堆雜亂的樹和幾處被燒毀的地方。小夥子們變得極度焦慮且暴躁，直升機突擊行動該上場了。某天晚上，他把計畫告訴厄阿必、天巴和波斯特。

他們全都沉默了一會。厄阿必問：「上尉，那燃料呢？」

「我們有足夠的燃料。」

「不夠四架直升機用，撐不過一個星期。」

「你是說我們的燃料只夠現在這架飛一個月？」

厄阿必點點頭。

「看來我們得順便帶走一些燃料了。」

「怎麼做？」

「你們動腦想想。」

他們全都一副傻樣地坐著，令他有些心煩。這些人，每件事都靠他。他的確是天生的領導者，但也喜歡會自己動腦的人。「厄阿必，這屬於你的職務，你負責想清楚。」他說完便走到外頭抽菸。每個人都這樣實在很討厭，好像膽量都丟光了一樣，沒辦法面對殘酷的事實。

他們的大麻存量所剩無幾，他已經兩天沒抽了。他抽著菸，一點感覺也沒有。這個夜晚陰鬱漆黑，潮溼又暖和，帶有春天的氣息。納尼寧從附近走過，腳步平順彷彿在溜冰，幾乎像是靠著履帶前進的機器人。他向前滑了一步，然後緩慢轉過頭，注視站在屋前門廊昏暗燈光中的戴維森。納尼寧的體型巨大，負責操作電鋸。「我的能量連上了偉大的生命泉源，停不下來。」他注視著戴維森，語氣平靜。

「回你營房睡覺就好了！」戴維森以鞭子般的聲音說道，從來沒人敢違抗這樣的語氣。一會兒之後，納尼寧繼續小心翼翼往前滑行，姿態又笨重又優雅。太多人在用迷幻藥了，而且用量愈來愈重。雖然庫存還很多，但這東西是給伐木工人在星期天放鬆用的，不適合困在敵對世界裡的偏遠營地士兵；他們沒有時間遨遊迷幻世界，沒有時間做夢。他得把那東西鎖起來才行，不過那樣做的話可能會有幾個小夥子因此崩潰。就讓他們崩潰吧，不打破幾顆蛋就煎不了蛋捲。也許他可以把他們送回中央，以此交換一些燃料，你給我兩、三桶汽油，我給你兩、三具溫暖的行屍走肉，忠誠的士兵、優秀的伐木工人，反正你們就喜歡這種在夢境國度晃蕩得有些太遠的……

他咧嘴笑了起來，正準備走回屋內讓天巴等人聽聽這項主意，便聽見在貯木場煙囪上站崗的守衛吶喊著：「他們來了！」守衛高聲尖叫，彷彿是某個在玩「黑人與羅德西亞人」[3]遊戲的孩子。圍場西側也有人開始大叫。某處傳來槍聲。

然後牠們就來了。天啊，居然來了。那場面實在非常驚人。牠們有幾千隻，不誇張，真的幾千隻。牠們無聲無息，在守衛剛才那聲尖叫之前一點聲響都沒有。然後是一聲槍響，和一次爆炸——有枚地雷噴發了——然後又一次，一聲接著一聲，上千根火把互相點燃、投擲而出，火箭似的呼嘯穿過潮溼漆黑的空氣。接著城寨圍牆便因為爬滿了綠皮而彷彿活了起來，成千上萬隻綠皮傾瀉而來，不斷湧入、推擠、成群噴發。戴維森小時候看過一次類似的景象，在最後大飢荒期間，在他成長的俄亥俄州克里夫蘭市街上，他見到了一群老鼠大軍。牠們被某種東西逼出洞穴，在光天化日之下跑了出來，爬上牆壁，萬頭鑽動，彷彿牆上掛著

3　一九二〇至一九八〇年代的美國，孩童之間流行玩一種名為「牛仔與印地安人」（cowboys and Indians）遊戲，是「警察抓小偷」遊戲的變體，由扮演拓荒牛仔和北美印地安人的兩群孩子互相對抗。「黑人與羅德西亞人」應是類似概念，但將脈絡改為辛巴威歷史。羅德西亞為辛巴威尚未完全擺脫英國殖民勢力時的前身，此處的黑人指的應是當時的黑人民族主義者，而羅德西亞人指的應是支持羅德西亞建國的白人。

一張有毛有眼睛有小手和牙齒不停蠕動的毯子。當時的他大喊著媽媽，失魂似的逃走了。那是真的吧？還是那只是孩子時的他所做的一場夢？保持冷靜極為重要。直升機停在綠皮圈欄裡，那方向還一片漆黑，他立刻跑去。圈欄大門鎖著，因為他總是保持此處緊閉，以免哪個軟弱的娘炮打算趁夜飛去找叮咚老爹。他覺得自己似乎花了好長時間才找出鑰匙、插進鎖孔、朝右轉開門鎖，一定只是因為他想保持冷靜。接著他又花了好久的時間才跑到直升機旁並打開上鎖的機艙。波斯特和厄阿必都來了。最後，旋翼終於傳來嘎嘎巨響，不斷打著雞蛋，壓過所有詭異的聲音，壓過那些高聲吶喊、尖叫和歌聲。他們升空，地獄自腳邊消失：充滿老鼠的圈欄正熊熊燃燒。

「保持腦袋冷靜才能評估緊急情況。」戴維森說。「你們兩個腦筋轉得快，動作也快。做得很好。天巴在哪？」

「他被長矛插中肚子。」波斯特說。

駕駛是厄阿必；他似乎很想開直升機，所以戴維森便讓他去開，他自己則爬進其中一個後座，舒服坐著，讓肌肉放鬆。森林在他們下方流逝，黑疊著黑。

「厄阿必，你現在往哪裡飛？」

「中央。」

「不對，我們不會想去中央。」

「那想去哪裡？」厄阿必孩子氣地咯咯笑著，像個女人。「紐約？北京？」

「厄阿必，你先飛一會兒，然後轉向繞回營地。繞大圈一點，別讓牠們聽見。」

「上尉，爪哇營地已經不存在了。」波斯特說道。他是伐木隊工頭，是個矮壯、穩重的男人。

「等綠皮燒完營地，我們就進去燒綠皮。牠們全都擠進了同個地方，肯定有個四千隻。這架直升機後面有六把火焰噴射器，先給牠們二十分鐘，然後我們用凝膠炸彈開場，接著就能用火焰噴射器幹掉想逃跑的那些。」

「媽的。」厄阿必激烈地喊著。「底下可能還有我們的人啊。現在根本沒辦法確定綠皮會不會把俘虜關在裡面，我才不要在可能燒死自己人的情況下回去放火。」他並未將直升機轉向。

戴維森將左輪手槍槍口抵住厄阿必後腦勺：「不對，我們要回去。好好振作起來，小寶貝，不要給我找麻煩。」

「上尉，油箱裡的燃料足夠我們前往中央。」駕駛說。他不斷低頭躲開槍口，彷彿那只是隻煩人的蒼蠅。「不過只夠前往中央，就只剩這樣了。」

「那我們就得好好利用這些油，多飛一點距離了。厄阿必，轉向。」

「上尉，我認為我們應該前往中央。」波斯特用他那冷淡的聲音說著。這種聯合的反抗激怒了戴維森，他氣得反轉手中的槍，用槍托擊中波斯特耳朵上方，速度快得彷彿是發動攻擊的蛇。坐在前座的伐木工立刻像聖誕卡似的向前對折，頭垂在兩腳之間，雙手拖在地上。「轉向，厄阿必。」戴維森的聲音如鞭。直升機甩過空中，劃出寬大的弧線。「媽的，我從來沒在沒有任何燈號的晚上飛過，營地到底在哪裡。」厄阿必的聲音沉悶，邊說邊抽著鼻子，感冒似的。

「往東飛，找火光。」戴維森的語氣冷酷、平靜。這些人根本一點毅力也沒有，連天巴也一樣。面對艱難情況，沒有一個會站在他這邊，遲早都要群起反叛。全都是些頂不住壓力的傢伙，和他比起來差多了。弱者共謀反抗強者，強悍的男人就必須獨立自強、照顧自己。沒什麼，不過是事情剛好如此發展而已。所以營地在哪裡？

即使在雨中，他們應該也要能在一片漆黑夜色中看見幾英里外燃燒的建築才對。但是眼前什麼都沒有。灰黑的天空，烏黑地面，火一定是被撲滅，熄了。難道人類把綠皮趕跑了嗎？就在他逃跑之後？這個念頭彷彿冰水潑進腦海。不可能，絕對不可能，五十五人沒辦法對抗數千隻綠皮。不過蒙上帝恩賜，雷區周圍肯定躺了一大堆被炸飛的綠皮碎片。只是牠們來得實在太過密集，任何方法都擋不住，他根本不可能預先設想到這種情況。牠們是從哪裡冒出來的？好幾天來，森林裡見不到任何一隻綠皮，牠們一定是從某個地方湧來，四面八方各個方向，偷偷摸摸穿過森林，像老鼠一般從洞裡鑽出地面。根本沒有方法能在那個狀況下阻止成千上萬的牠們。他媽的營地到底在哪裡？一定是厄阿必搞鬼，故意飛向錯誤的方向。「厄阿必，把營地找出來。」他輕柔說道。

「媽的，我在找啊。」男孩說。

波斯特始終沒動靜，對折坐在飛行員旁邊。

「厄阿必，營地有可能憑空消失嗎？可能嗎？你有七分鐘找到營地位置。」

「要找你自己找。」厄阿必尖聲叫著，滿臉鬱悶。

「我得先讓你和波斯特乖乖聽話才行啊，小寶貝。飛低一點。」

一分鐘後，厄阿必說：「那邊看起來像河。」

的確是河，還有一大片空地。可是爪哇營地在哪裡？他們朝北飛過空地，什麼都沒見到。「一定就是這裡，附近沒有其他大塊的空地了。」厄阿必說著，掉頭飛回那塊沒有樹木的區域。他們的落地燈明亮刺眼，但是除了那幾道管狀的燈照範圍內看不見任何東西；最好通通關掉。戴維森伸手越過飛行員肩膀關掉燈光，茫然潮溼的黑夜彷彿溼毛巾迅速蓋上他們雙眼。「靠！你幹麼！」厄阿必尖叫著，重新打開燈光，並將直升機往左上方拉抬，但還是不夠快。樹木以極為歪斜的角度從夜色中探出來，抓住那架機器。

螺旋槳發出吶喊，旋轉著將枝葉砸扔進明亮的燈光甬道之中，可是樹木主幹又老又強壯。在一陣搖晃後，小小的有翼機器似乎掙脫了自由，猛然下墜，側身鑽入下方樹林。燈光熄滅，所有噪音都停止了。

「我有點不舒服。」戴維森說。然後又說了一次。接著他就不說了，因為已經沒有聽他說話的對象。他意識到自己其實根本沒把話說出口。他眩暈無力，一定是撞到頭。厄阿必不在這裡。他在哪裡？他自己在直升機裡。一切天旋地轉，不過他還在原本的位子上。這裡好黑，彷彿目盲。他摸索四周，便找到了波斯特，一動也不動，依然對折著身體，整個人塞在前座和控制面板之間。戴維森只要一有任何動作直升機便不停顫抖，他最後得出結論，機身應該不在地面，而是風箏一般卡在樹上。他的頭感覺好一點了，也愈來愈想逃離漆黑傾斜的機艙。他蠕動爬至駕駛座，雙手攀著艙內，把兩條腿伸出去，但是感覺不到地面，只有枝條刮著他懸在空中的腳。他不曉得自己會墜落多高的距離，不過最終還是放手，至少能離開機艙。原來他離地面只有幾英尺。他的腦袋慌亂一下，不過站起身便感覺好多了。要是這裡沒這麼陰暗、這麼黑就好了。他的腰帶上有支手電筒，之前夜裡在營地活動時總會帶一支在身上，現在卻找不到。這下有趣了，一定是掉在哪裡。他最好回直升機裡找。也許是被厄阿必拿走。厄阿必一定是故意撞毀直升機，拿走了戴維森的手電筒，想以此逃跑。狡猾的小雜種，和其他人都一樣。

他的眼前一片漆黑，空中充滿水氣，到處都是樹根、樹叢和藤蔓，根本不曉得下一步落腳該踩在哪裡。各種雜音響著，滴水聲、摩擦聲，細小的聲響，有什麼小小的東西偷偷摸摸躲在黑暗中。他覺得最好回直升機裡找手電筒，可是看不見該如何爬上去。機艙門的底部剛好在他手指搆不到的高度。

有光。一道微弱的光芒在樹木之間閃現，又旋即消失。一定是厄阿必拿了手電筒去探查環境、確認方向，聰明的孩子。「厄阿必！」他喊著，輕聲低語也顯得刺耳。他試圖尋找樹木間的光線，腳下突然踩到某種詭異的東西。他用靴子踢了一下，然後謹慎地伸出一隻手，畢竟直接觸摸看不見的東西可不太明智。那是一大團溼潤的物體，又黏又滑，像是死老鼠。他迅速收手。一會兒後他摸向另一個地方；是只靴子，可以感覺到交叉的鞋帶。躺在他腳邊的肯定是厄阿必，他一定是在墜落時被扔出機外。罪有應得，誰教他想當猶大，居然要逃往中央。戴維森不喜歡看不見的衣物、頭髮上那種潮溼的觸感。他站直了身體。那道光又出現了。有個發光體在遠處移動，近處和遠處的樹幹形成條條黑影遮擋著。

戴維森把手放在槍套上，左輪手槍卻不在其中。

槍本來被他拿在手裡，以防波斯特或厄阿必調皮，現在卻不見了。一定是和手電筒一起掉在直升機上。

他壓低重心站著，一動不動，接著突然拔腿狂奔。他看不見自己跑的方向，不停撞上樹幹，被樹左右推送，接著便被樹根絆倒，往前倒去，整個人摔進樹叢之中。他四肢跪地，試圖躲藏。光禿禿的潮溼枝條在他的臉磨啊、刮啊，他扭動身體往樹叢更深處而去。他的大腦已完全被各種複雜的氣味占據，腐爛和新生，枯葉、腐植、新芽、蕨葉、花朵，以及夜晚、春天和雨的氣息。光線打在他身上。他看見了一群綠皮。

他想起牠們走投無路時的舉動，以及里沃博夫當時說的話，於是翻身躺在地上，向後仰著頭，閉上眼睛。胸口的心跳斷斷續續結著巴。

沒有事情發生。

此時要睜開眼睛不是件容易的事，不過他還是做到了。牠們就只是站在那裡：數量眾多，約有十或二十隻，全都帶著狩獵用的長矛。長矛看上去就彷彿小小的玩具，不過鐵製矛頭非常銳利，能輕易切開身體。他閉上眼，繼續躺在原地。

還是沒有事情發生。

他的心跳平緩下來，似乎能比較清楚地思考了。他的內心深處有某種東西在騷動，感覺幾乎像是笑聲。蒙上帝恩賜，牠們沒辦法攻擊他！既然被自己的手下背叛，而人類的智慧也派不上用場，那麼就讓牠們嘗嘗自己的詭計吧——就像現在這樣，裝死，觸發牠們的本能反應，因為牠們無法殺死擺出這種姿勢的人。牠們就只是站在他周圍，不停對彼此喃喃低語，**但是傷不了他**。彷彿他是神。

「戴維森。」

他不得不再次睜開眼睛。其中一隻綠皮手中的樹脂火炬仍在燃燒，不過已變得蒼白，森林也不再一片漆黑，而是呈現朦朧的灰色。到底發生了什麼事？明明才過了五或十分鐘而已。雖然還是很難看清東西，不過夜晚已經過去。他可以看到樹葉和枝椏，看見森林。他可以看到朝下俯視自己的那張臉。那臉在單調平板的黎明中沒有色彩，布滿傷痕的五官看起來就像男人，雙眼彷彿深黑的洞。

「讓我起來。」戴維森突然聲音沙啞地大聲說道。他躺在潮溼的地面，冷得發抖。他實在無法在賽伏的俯視下繼續躺在地上。

賽伏手裡沒有任何東西，不過他身旁的許多小惡魔除了矛之外還拿著左輪手槍。全都是從他營地的武器庫中偷來的。他掙扎起身，衣物冰冷地貼在肩膀和兩腿後側，令他顫抖不已。

「要動手就快點。」他說。「快快快！」

而賽伏只是看著他。至少他現在得抬著頭了，得高高仰著頭才能對上戴維森的目光。

「你希望我現在殺死你嗎？」賽伏問。這種說話方式想當然是從里沃博夫那裡學的，就連聲音也像，幾乎是里沃博夫在說話。這實在太詭異。

「我已經選擇了，不是嗎？」

「你擺出希望我們讓你活命的姿勢，並在這裡躺了一整晚，現在卻想要死嗎？」

他的頭和胃都在痛，心裡極度憎恨眼前這隻說話像里沃博夫、令自己受其擺布的可怕小怪物。那種疼痛和憎恨混合在一起，讓他腹部翻攪，一陣作嘔，差點就要吐出來。寒冷與噁心令他渾身發抖。他試著抓緊勇氣，突然往前一步，對著賽伏的臉淬了一口。

賽伏停頓了一會兒，接著便以某種像是舞蹈的姿態也回吐了口水，然後哈哈大笑起來。但是他完全無意殺戴維森。戴維森伸手抹掉嘴上的冰冷唾液。

「聽著，戴維森上尉。」綠皮的聲音細微且平靜，讓戴維森暈眩、噁心。「你和我，我們都是神。你是瘋狂的神，而我不確定自己是否還保有理智，不過我們都是神。現在的我們在森林裡相遇，以後不會再有類似的場合了。我們給了彼此只有神能給予的禮物。你給我的禮物是謀殺，是殺死同類的能力，現在我也要盡我所能送你一份屬於我族人的禮物，就是不殺。我想我們都會覺得彼此的禮物是項重負，不過，這份禮物你必須獨自承擔。你在埃許森的族人告訴我，如果我把你帶回去，他們必須對你進行審判並殺死你，他們的法律就是這麼規定。因為這樣，希望你活下去的我不能把你和其他俘虜一起帶往埃許森，同時也不能讓你在森林裡繼續遊蕩，因為你會造成太多傷害，所以我會以我們對待瘋狂族人的方式處置你。我們會將你帶到現在已經無人居住的倫德勒普，並把你留在那裡。」

戴維森看著綠皮，無法移開視線，彷彿被催眠控制。他無法忍受這種情況。沒有人能以任何能力控制他，沒有人能傷害他。「我應該在你試圖攻擊我那天就折斷你的脖子。」他的聲音依舊沙啞、口齒不清。

「那或許是最好的做法。」賽伏回答。「不過當時里沃博夫阻止了你，現在也是他阻止我殺死你——所有殺戮都結束了。至於砍樹，倫德勒普沒有樹可以砍。那就是你們稱為垃圾島的地方。你們的人砍光了那裡所有的樹，所以你也沒辦法造船離開。那裡已經長不出任何東西了，所以我們會帶食物和生火的木材給你。倫德勒普上沒有任何東西可以殺，沒有樹也沒有人。那裡曾經有樹木和人，不過現在只剩下樹與人的夢境。在我看來，既然你必須活著，那會是很適合的地方。你可能會在那裡學會怎麼做夢，不過更有可能的是，你最終會沿著瘋狂的道路走向該有的結局。」

「省省你那該死的幸災樂禍，現在就殺了我。」

「殺你？」在森林矇朧的晨曦之中，賽伏仰望著戴維森的雙眼似乎露出光芒，非常清澈而嚇人。「我沒辦法殺你，戴維森。你是神，這件事你必須自己來。」

他轉身走開，腳步輕巧迅速，幾步便消失在灰色樹林之間。

一條套索自戴維森頭頂落下，至喉頭處稍微縮緊。小矛從後方與側邊朝他接近。他們沒有要傷害他的意思。他大可以掙脫束縛逃跑，他們也不敢殺他。葉片造型的矛頭經過打磨，利得像剃刀。套索輕柔拽著他的脖子，他往他們帶領的方向跟了上去。

八

賽伏好一陣子沒再見到里沃博夫了。那個夢和他一起到了睿西維爾，當他最後一次和戴維森說話時也在身邊。然後夢便離開了，或許現在正在埃許森，沉睡在里沃博夫之死的墓穴裡，所以才沒出現在布羅特鎮，賽伏現在居住的地方。

不過當那艘大船回來時，他前往埃許森，便又在那裡遇見里沃博夫。里沃博夫沉默而無力，非常哀傷，而賽伏心中那惱人的往日悲痛又再次甦醒過來。

里沃博夫跟著他，成為他心中的一道影子，當他與船上的任類見面時也在。都是些強大的人，和他所認識的任類非常不同——除了他的朋友之外。不過和里沃博夫相比，這些人還要更強大許多。

他的任類語言已經生疏，因此起先他幾乎都讓對方說話。當他確定對方是怎樣的人，他才拿出自己從布羅特揹來的沉重箱子。「這裡裝著里沃博夫的心血。」他說，一邊摸索著字詞。「他比其他人更認識我們。他學了我的語言以及男人語言，我們一起把那些字都寫下來。他多少了解我們生活與做夢的方式，這是其他人不知道的。如果你們能把他的成果帶到他希望被看見的地方，我就把這些都給你們。」

皮膚白皙的高個子叫勒潘能，看起來相當高興。他感謝賽伕，說這些研究報告將會受到高度重視，且他們會確實帶至里沃博夫希望的地方。這讓賽伕很高興。不過要大聲說出朋友的名字對他來說是件痛苦的事，因為當他看向心裡的里沃博夫時，里沃博夫的神情依然悲慟不已。他稍微退至一旁，看著這些任類。在場的除了鄧上校、戈斯和埃許森的其他人外，還有五名來自船上。新來的那幾個外表乾淨、光亮，彷彿新製的鐵器，舊的那些則放任臉上的毛髮生長，所以看起來有點像是體型巨大的黑毛愛斯熙人；後者依然穿著衣服，但是衣物都已破舊，而且未保持整潔。除了埃許森之夜過後便生病至今的男長老以外，他們其實並不瘦弱，不過看起來都有點像是迷失心智或者發瘋的人。

這次會議在森林的邊緣舉行。過去幾年裡，森民和任類雙方依循著某種並未言說的默契，都不曾在這個區域建立住所或營地。有棵巨大白蠟樹在遠離森林庇蔭的空地上，賽伏和同伴便在它的樹蔭下稍事歇息。此時它的果子還只是細枝上的綠色小球，夏季的翠綠葉片又長又軟、不停翻動。大樹下的光線柔和，間或夾雜陰影。

任類來來往往，徵詢著彼此的意見，最後，其中一名任類朝白蠟樹這裡走來。態度嚴肅的那個，大船的中校。他沒有徵求同意便逕自在賽伏旁邊蹲下，不過也沒有任何刻意無禮的意圖。他說：「我們可以談談嗎？」

「當然。」

「你應該知道，我們帶了另一艘船來載人，我們會帶所有塔拉人離開，而你的世界也不再是殖民地了。」

「三天前你們剛抵達時，我在布羅特聽到的訊息也是這樣。」

「我要確定你了解這是永久性的安排，我們不會再回來了，你的世界已經受到聯盟禁令保護。對你們來說這代表的意思是：我可以保證，只要聯盟存在，我們就沒有人會再來這裡砍樹或奪取你們的土地。」

「永遠不會再有你們的人過來。」賽伏說道，既是陳述也是疑問。

「五個世代以內都不會再有人來，一個人影都不會有。在那之後可能會有一小群人，也許十個，也許二十個，但不會超過二十人。他們可能會來和你的族人交談並研究你們的世界，就像之前在這裡的某些人做的那樣。」

「像那些科學家，技術軍官。」賽伏說。他憂慮地沉思了一會兒。「你們的人，一次就立下所有決定。」他說，語氣同樣介於陳述與疑問之間。

「你是指什麼意思？」中校神情警惕。

「我的意思是，你們明明住在很多地方，不過當你說你們的人都不會再來砍愛斯熙的樹之後，所有人就都不來了。假如今天是喀拉赫的女族長下了某道命令，隔壁村莊的人也不會遵守，更不可能讓整個世界的人都立刻遵守……」

「對，不可能，這是因為你們還沒有建立起單一最高政府，不過我們有——現在有了——而且我可以向你保證這個政府的命令會確實受到遵從，我們所有人都會立刻遵守。說到這一點，賽伏，就殖民地居民告訴我們的故事聽來，我覺得當初**你**下達命令時，這顆星球上每座島嶼的每個人也都立刻遵從了。你是怎麼做到的？」

「當時的我是神。」賽伏面無表情地說。

中校離開後，又高又白的那個漫步過來，詢問是否能坐在樹蔭下。這個任類圓滑得體，而且極為聰明。賽伏在他身邊有些不自在。他就像里沃博夫，態度溫和，會了解你，不過自身卻高深莫測。他們之中最善良的就和最殘酷的一樣，都如此遙遠而不可及。這也就是為什麼他心中的里沃博夫依然令他痛苦，而那些他能看見、觸碰死去妻子熙歐的夢境是如此珍貴且充滿平靜。

「之前待在這裡的期間，我見過那位名叫拉吉．里沃博夫的人。我沒什麼機會和他說話，不過還記得他說了什麼。從那之後，我有時間讀了一些他對於你們族人的研究——如你所說，他的心血。愛斯熙現在之所以能擺脫塔拉殖民地的命運，很大原因要歸功於他的研究成果。我認為讓愛斯熙重獲自由已成為里沃博夫一生努力的方向。而身為他的朋友，你將看到即便他已死去，也並未阻止他達成這項目標，也未阻止他完成自己的旅程。」勒潘能說。

賽伏僵硬地坐著，心中的焦躁不安轉成了畏懼。這名任類說起話來就像大夢者。

他並未做出任何回應。

「賽伏，如果這麼問沒有冒犯到你的話，希望你能告訴我一件事。這會是我們的最後一個問題……之前發生的殺人事件：先是在史密斯營地，然後是這個地方，埃許森，最後則是在戴維森率領叛亂組織駐紮的新爪哇營地。這些就是全部事件，後來便沒再發生了……這是真的嗎？後來就沒再發生人殺人？」

「我沒有殺戴維森。」

「那不是重點。」勒潘能誤會了；賽伏的意思是戴維森沒死，但勒潘能以為他說戴維森是其他人殺的。看到任類也會犯錯，令賽伏鬆了口氣，也並未糾正。

「所以後來都沒再發生殺人事件了？」

「沒有。他們會告訴你細節。」賽伏朝上校和戈斯點了點頭。

「我是指你的族人之間，愛斯熙人殺害愛斯熙人。」

賽伏沉默。

他抬頭看向勒潘能那張奇怪的臉，白得像白蠟樹靈的面具。當他們的目光交會，那張臉的表情便改變了。

「有時會有神出現。」賽伏說。「他會帶來某件事的新方法，或者一件必須完成的新事物，例如新的歌，或者新的死亡。他會帶著那個東西穿越夢境時間和世界時間之間的橋梁，當他那麼做之後，那樣事物便會確定下來。你不可能將已經存在世界上的事物重新趕回夢境，試圖用牆壁和藉口將它們關在夢裡，那是瘋狂的行為。存在便是存在了。現在的我們就算假裝不知道如何互相殘殺也沒有任何意義。」

勒潘能將一隻纖長的手放在賽伏手上，動作如此迅速輕柔，以致賽伏便接受了他的觸碰，彷彿他不是陌生人。白蠟樹葉金綠色的影子在他們周身閃爍著。

「但還是請你們務必不要假裝自己有理由殺害彼此。殺害是沒有理由的。」勒潘能露出焦慮而哀傷的神情，一如里沃博夫。「我們會離開，會在兩天之內離去，所有人都一樣，永遠不再回來。在那之後，愛斯熙的森林將會回復成本來的樣子。」

里沃博夫走出賽伏內心的影子，並說：「我會留在這裡。」

「里沃博夫會在這裡。」賽伏說。「戴維森也是。他們兩人都會在這裡。也許在我死後，人們會重新回到我出生之前以及你們到來以前的樣子。但我不認為他們真的能夠。」

導讀

娥蘇拉・勒瑰恩筆下的人類反義詞諸相

——邱常婷（小說家）

自一九六六年娥蘇拉・勒瑰恩科幻小說出道作《羅卡南的世界》（*Rocannon's World*）出版以來，一個龐大、被稱為瀚星諸事記（Hainish Cycle）的故事宇宙悄然擴張。其中獲得星雲獎與雨果獎的兩部經典之作《黑暗的左手》和《一無所有》建構了臺灣讀者對此系列的主要認識，至相關短篇集《世界誕生之日》等作品出版，閃閃發亮的星系於焉建立。

觀察這片星系，可見勒瑰恩受其父親人類學背景影響的獨特視角，圍繞著不同文化、種族間的衝擊與交流，游移於理解和不可理解的深邃情感，同時個體與集體間也互相角力，暗濤洶湧的政治陰謀造成權力傾軋。如此繁複細密，使每部長篇作品自成一顆獨立星球，短篇作品則如同碎星，為瀚星宇宙增添如玻璃折射般的璀璨靈光。

瀚星宇宙複雜遼闊，勒瑰恩卻也在《世界誕生之日》的序裡自陳：

> 雖然我將一籮筐的東西放入我的小說宇宙，但我不覺得自己是它的發明者。我誤打誤撞進入其中，迄今還是毫無系統地在裡頭闖跌——在此處遺漏了千年，在那邊忘記一顆行星。

其實正如同勒瑰恩會在作品中使用的書寫角度——一名從外星而來的研究者、旅人，也經常是誤打誤撞進入異界，她以學者的角度書寫故事，始終保持旁觀者的姿態，不以自私對故事的星球進行占有。《羅卡南的世界》中的民族學家羅卡南是如此，《黑暗的左手》星際聯盟的使者真力・艾亦然。為了說服格森星國王加入推崇和平交流的跨星際政治聯盟伊庫盟（Ekumen），真力不得不求助「國王之耳」埃思特梵，卻因文化差異，包含不諳「習縛規色」的隱晦含蓄，以及對獨特性週期社會的理解困難，致使兩人在故事中經常誤解對方。

然而，差異的存在卻又生出珍貴的情誼，這樣的概念在本書中重現——一九七三年獲得雨果獎的《世界的詞彙是森林》，其一角色關係的主軸，便是作為殖民者顧問的科學博士里沃博夫與新大溪地愛斯熙人賽伏的友誼。

《世界的詞彙是森林》最初發表於哈蘭・艾里森編輯的《危險幻象再臨》（*Again, Dangerous Visions*），同屬瀚星諸事記宇宙。場景發生於地球人殖民的第四十一號世界「新大溪地」，一顆美麗原始的星球，其中有四十土地，被蓊鬱如海的森林覆蓋，人類殖民者砍伐樹木、奪取當地資源，並奴役原住民愛斯熙人。

對這些從未知曉種內攻擊行為的愛斯熙人而言，他們當中的其中一人受到命運召喚，成為為族群帶來新詞的新神。

故事以三個不同的角色切入，其一是從未真正理解過愛斯熙人以及新大溪地的戴維森上尉，他對於愛斯熙人的想法直接而單調，全然就是將他對人類的理解完全套用。因此在他眼中，愛斯熙人面對暴力的毫無反抗，便是他們「非人」的證明，他也沒有足夠的想像力，去思考其他可能性。

戴維森上尉代表的是人類中心主義對異族／異類的排拒賤斥，可即便認知愛斯熙人非我族類，其心必異，他卻對自身貶稱綠皮的愛斯熙婦女施以強暴，並毆打、奴役其他愛斯熙人。戴維森上尉自始至終不曾改變對愛斯熙人的看法，他以人類的視角揣度愛斯熙人的殺人本意，最後只能導致可怕的結果。

第二個敘事角度是作為顧問的研究者里沃博夫，他溫柔善良，與痛失妻子、滿臉傷疤的愛斯熙人賽伏成為知心朋友，不僅交換各自的語言，也學習對方的文

化。可即便是如此真誠相待的友誼，仍然有著無法互相理解之處，

從里沃博夫身上，**我們意識到理解的困難，也就是人終究無法完全理解非我族類……如此描述，並非是負面的意義**。因為相較之下，戴維森上尉自以為是的了解，必定比里沃博夫的坦誠謙遜毀滅性更強。意味著其實**是否能夠全然理解他人，並非最重要的事情，相反的，認知到與他人有所差異，並給予尊重包容，才是促使兩者之間誕生友誼的真實原因**。

第三個視角則是愛斯熙人賽伕，他引領讀者走入新大溪地原住民的神祕部族，這宛如世外桃源的美麗天地，生活其中的人們步調緩慢，與森林共存。對他們來說，星球的概念初始便不存在，他們擁有的概念是「世界」，而這世界的詞語是「森林」。勒瑰恩以對自然生態的崇高敬意詳加描述，因此我們能夠讀到森林蔓延無盡、原始又深遠。

在愛斯熙人的文化中，時間分為「夢境時間」和「世界時間」。夢有預言成

真的力量，對現實產生無與倫比的影響力。在他們的信仰中，賽伏因為族群帶來新的概念而成為帶來死亡意義的「沙阿卜」。在愛斯熙語中，每一個詞彙都有兩種不同的意思，沙阿卜的第一個意義是「神」，另一個意思是「翻譯者」。

勒瑰恩曾在《黑暗的左手》序中寫道：「真實攸關想像」，對真實理性的過度追求反而會削弱創造的可能，而在《世界的詞彙是森林》中，愛斯熙人的夢或許就意味著想像的力量。賽伏從現實與夢境裡帶來死亡意象，成為帶來新詞的翻譯者，那便是「想像」從「現實」中掘出的恐怖珍寶。

誠然，《世界的詞彙是森林》有諸多與當時美國社會相對應的元素，譬如一九七〇年環境保護運動、越戰、殖民者對原住民的傷害，相似的歷史也總是在重演，使本書亦能使讀者聯想到臺灣現有的多種文化樣態，包含漢人與原住民、外省人與本省人……凡此總總，不一而足。

但最終，我想這個故事是在描述**人何以視他人為非人**。好比愛斯熙人其實也以自身對人的理解去解釋外來人類（本書中愛斯熙人稱之為「任類」），愛斯熙人起先不認為「任類」會殺害同類，因為只有昆蟲才會這麼做；其後他們又認為「任類」做了夢後立刻忘記，浪費寶貴人生；「任類」的女性若全數死去，男性就無法獲得治療……直到最後，習得殺戮的愛斯熙人也同時習得將「任類」非人化的能力，他們不再視「任類」為人，而形容他們像「巨大的無毛蜘蛛」。

讀到後來，殘酷的文字令人毛骨悚然，讀者也將因外來人類對愛斯熙人造成的永久性改變而深深震撼。里沃博夫最後嘗試要從賽伏內心喚回他最初對人類的認知，卻也如人類對新大溪地的殖民永久性地改變了這個星球一般無可挽回，那段對話更顯得悲傷無望：

「里沃博夫，為什麼你跟其他人不一樣？」

「我跟他們一樣，都是人。跟他們一樣。跟你一樣。」

「不對，你不一樣——」

「我跟他們一樣，你也是。賽伏，你聽我說，不要再繼續了，不要再殺害其他人。」

有些事情一旦開始就無法停止，勒瑰恩透過這個故事寫出戰爭的本質，以及理想主義面對人性殘酷時的無力，其中包括伊庫盟推崇的和平交流，實際上無法完全在殖民星球中落實。

直至現今，即便歷史一遍又一遍提醒我們悲劇的體例與樣式，人們仍不斷重複相似的行為、犯下相同的錯誤。**而勒瑰恩以淡然的文字，具體而微地從各個面向呈現給我們人類的反義詞諸相，宛如愛斯熙人語言裡的另一種意思，可又不僅僅只有相反的意思。說到底，人類的反義詞究竟為何？那是神，是死亡，是殺人不眨眼的魔頭，是異族、野獸，或者人類的反義詞，就是人類本身？**

導讀

永恆卻也必要的不合時宜

——劉芷妤（小說家）

在二〇二四年的臺灣讀完《世界的詞彙是森林》這本中篇小說的譯稿，忍不住啞然失笑：這個故事，究竟是來得太早還是來得太晚？

在娥蘇拉．勒瑰恩初次發表這個故事的一九七二年，若以當時「政治正確」一詞的原意「符合國家政策路線的言論」來衡量，那麼這個以反越戰、反濫伐、反殖民為主題的故事，恐怕會被歸類為「反政治正確」。而當時空轉換，在二〇二四年，包括臺灣在內的全球網路使用者，則早已習慣將「政治正確」當作一種便於使用的必殺技，只要將這個詞安在任何企圖平衡甚至扭轉傳統價值觀的言論上，就能在人們心中發揮強大的「未看先質疑」效果，而《世界的詞彙是森林》既然蘊含著反對經濟利益優先於人權與生態的主題，便很可能也會像是被詬病許久的人權與環保團體一樣，被視為「太政治正確」的那種作品。

多麼有趣，就如同人權、環保的倡議無論在任何時代都不受待見，不管是在一九七二年反政治正確或是在二〇二四年太政治正確，《世界的詞彙是森林》這個故事，或許也有著永遠不合時宜的原罪。即使在文學價值上，作者本人亦曾坦言，自己當時激烈地投身於示威活動，並且無法抗拒在小說中寫下這些可能會被視為說教的信念。勒瑰恩似乎自己也很清楚：這部中篇小說並不會被視為她所有著作中最傑出的一本，也無法為她奠定或強化任何文學藝術史上的地位，甚至於此有害。

然而她仍然寫下並發表了這個故事。

在二〇二四年的臺灣，我想像著她寫這個故事的心情。不僅是必須，而且是心急的那種心情。

與充滿詩意的書名截然不同，這個座落於「瀚星宇宙」的故事，一開場就是一個極其電影男主角的陽剛視角：在愛斯熙這個殖民星球上，年輕、英俊又健壯的戴維森上尉算是個中階主管，為了二十七光年外的故鄉地球，他善盡職責，讓他管轄的這些士兵們與當地原住民一起拚了命往死裡砍樹，這些木材將會運回林木已經被砍伐殆盡的地球，成為比黃金更稀缺的資源。

為了這個偉大的目的，他們圈養地球人戲稱為「綠皮」或「猴子」的愛斯熙原住民作為「志工」——因為這些綠皮根本不是人類，所以稱不上奴役。這些原住民與地球人截然不同，他們是少數沒有「種內攻擊行為」的動物，擁有神祕悠遠的夢境時間與文化，雄性用以競技的方式是吟唱，若真的產生衝突，在制服了他人時，只要對方做出某種看起來無助的投降姿態便會放過對方。

在地球人抵達之前，這個離地球二十七光年的星球非常平靜，因為愛斯熙文化並不追求進步、卓越、勝利……這類價值，他們沒有發展出什麼高科技，而是與自然達成和諧共處的平衡，也可以說，在地球人到來之前，愛斯熙已經很接近勒瑰恩理想中的「道」——但也因此，對於地球人崇尚陽剛並慣於征服其他文化、種族、性別、領域……等等「習性」，他們全然陌生，靜靜接受了地球人的宰制長達數年，直到一樁悲劇因地球殖民者長期缺乏女性洩欲而發生，然後是，更多的悲劇發生。

說起來，《世界的詞彙是森林》這個故事所直面反抗的是一種泛男子氣概。勒瑰恩在不長的故事篇幅中，輕巧結合了諸多不同面向的壓迫，不僅僅是明擺著人類對自然森林的掠奪、地球人對愛斯熙人的奴役，單單是從戴維森這個角色，我們就可以看到，光是在「看似同一種族」或者「看似同一隊」的人之中，也有各式各樣、幽微複雜的階級鄙視鏈：性別上的就別提了，就連同為男性，也有肌肉身形、種族出身、性格與職權的落差；同為科學，也有分實用的硬科學與娘炮的軟科學；同為外星人，也分為高科技很炫的頂頭上司或可以踩在腳下的原始族群……再更細緻一點，**甚至可以讀到勒瑰恩在超過五十年前，就寫出了在我們的這個時空裡依然常見的某些思考套路，他們總是強調「顯而易見的事實」卻從不探究那些事實背後千絲萬縷的成因，讓受壓迫者更難有翻身餘地；他們過度推崇理性中立節制內斂，以至於這些詞彙崩毀成選擇性的冷酷與麻木，並且極力排除同理心與想像力**，勒瑰恩也寫出人們在看不起「文化」這個概念的同時，被自身的文化偏見牽著鼻子走卻毫不自知。

最讓人拍案叫絕的，絕對是勒瑰恩如何運筆，將這些令人周身不適的理所當然，不僅渾然天成地融入戴維森這個人物之中，更從他的視角使用了適合的詞彙、句型與思路，來合理化所有對上級、同儕或原住民的惡意以至於惡行，在某些時候，他甚至以此為傲。

當然，我們可以輕易地批評這個角色壞得太過平面，但我很難否認，世界上的確有這樣的人存在，而且不在少數。與此同時，這個故事通篇幾無真正有分量的女性角色，也因為戴維森的存在而充斥著男性凝視，但這兩個理應是缺點的特質，卻恰如其分地以一種反向的姿態強調了男性凝視有多麼令人不適，也凸顯出作者所描寫的泛男子氣概，傷害的並不只我們直覺想到的另一種性別，哪怕是略有一些陰柔特質、願意流露情感，或者在無謂的比較中稍顯不夠陽剛，就有可能遭到賤斥。

勒瑰恩在一九七二年寫下這樣的人物，而縱使現下的時空裡，人們已經漸漸理解到有毒的男子氣概所造成的問題並不限於性別性向之間，世界文學裡這樣經典的泛男子氣概依然不勝枚舉，我們不難發現，也許有些作家心中懷抱著的正是這樣的價值觀，並毫無意識地任其在筆下自然流洩，但唯有敏銳地察覺這種歪斜的作家如勒瑰恩，能夠有意識地將之寫得如此透徹。

回頭來看，由戴維森、里沃博夫與賽伏三個視角所組成的《世界的詞彙是森林》，**在勒瑰恩創造的無數美好故事中，無疑是不那麼道家，也不那麼哲學的，它確實不是多數人所熟悉與熱愛的那種勒瑰恩作品，但我很不樂意因此判斷這個故事不夠好，因為它肩負的任務並非我們習慣要求文學作品的含蓄、隱晦或幽微，而是鏗鏘有力地回應時代**。

《世界的詞彙是森林》做到了，它不僅回應了勒瑰恩寫作的那個時代，甚至同樣回應了我們的這個時代，就這個角度而言，它好極了，因為此時此地，我們仍然需要抵抗幾乎完全一樣的東西，而就像這個故事曾經「反政治正確」而現在或許又「太政治正確」一樣，**我們要抵抗的那些事物也進化成了另外一種便於閃避惡名的模樣，而見血或不見血的奴役與戰爭，都還在持續**。

在故事最後，當我意識到那看似正義獲得伸張的結局其實並非某種樣板，而是承載了無數叫得出與叫不出名字的幽魂，付出了再也無法挽回的代價，那和諧寧靜如同勒瑰恩真心願望的平衡世界再也不可逆轉——我想像得到勒瑰恩之所以承認這部作品的不足之處，卻也不後悔寫下它的原因。

對一個故事而言，文學性或藝術價值或許非常重要，但對一個受難的星球、種族、文化、性別或群體而言，他們唯一的問題只在於喊得還不夠響亮。

還不夠響亮，或許就連《世界的詞彙是森林》也不夠，不夠響亮，不夠大聲，不夠迫切，不夠直白，要不然，世界就不會在這個故事發表了超過五十年後的今天，還在抵抗一模一樣的扭曲，不是嗎？

繆思39

世界的詞彙是森林

The Word for World is Forest

作者　　　　　　　娥蘇拉・勒瑰恩（Ursula K. Le Guin）
譯者　　　　　　　黃彥霖

副社長　　　　　　陳瀅如
總編輯　　　　　　戴偉傑
責任編輯　　　　　丁維瑀
行銷總監　　　　　陳雅雯
行銷企畫　　　　　趙鴻祐
封面設計　　　　　馮議徹
內頁排版　　　　　宸遠彩藝工作室

出版　　　　　　　木馬文化事業股份有限公司
發行　　　　　　　遠足文化事業股份有限公司（讀書共和國出版集團）
地址　　　　　　　231 新北市新店區民權路 108-3 號 8 樓
電話　　　　　　　(02)2218-1417
傳真　　　　　　　(02)2218-0727
Email　　　　　　 service@bookrep.com.tw
郵撥帳號　　　　　19588272 木馬文化事業股份有限公司
客服專線　　　　　0800-221-029
法律顧問　　　　　華洋法律事務所　蘇文生律師

印刷　　　　　　　前進彩藝有限公司
初版一刷　　　　　2024 年 11 月
初版二刷　　　　　2024 年 12 月
定價　　　　　　　380 元
ISBN　　　　　　　9786263147591
EISBN　　　　　　 9786263147584（epub）

the Tree icon designed by murmur from Flaticon

國家圖書館出版品預行編目 (CIP) 資料

世界的詞彙是森林 / 娥蘇拉 . 勒瑰恩 (Ursula K. Le Guin) 著 ;
黃彥霖譯 . -- 初版 . -- 新北市 : 木馬文化事業股份有限公
司出版 : 遠足文化事業股份有限公司發行 , 2024.11
240 面 ; 14.8x21 公分 . -- (繆思)
譯自 : The word for world is forest.
ISBN 978-626-314-759-1(平裝)

874.57　　　　　　　　　　　113015513